STS

STS

日檢N5教本
合格全攻略！

聽力・文法・單字・閱讀】，一次通過！

付き
MP3

前言 preface

誰說語言學習書非得要一板一眼？
全彩設計 x 生活情境話題式 x 自學、教學適用 x 練習題型同日檢
令人耳目一新的日語教本，重砲登場！

　　日語代表了日本人的表達方式與思考邏輯，學習日語的意義不僅是能夠和日本人溝通，更重要的是透過日語，我們看見日本人生活態度與信仰，體驗日本傳統文化之美、流行文化之炫，我們多了一個觀看世界的方式。所以，學日語的最終目的就是運用在「生活」上，這同時也是新制日檢的改制宗旨。

　　《合格全攻略！日檢 N5 教本》便以生活所需的日語作為課程安排，以下為本書特色：

扎實內容、全彩設計，專為初級者打造的日語教本！

　　以清楚明確的閱讀動線設計、亮眼但不刺眼的色彩搭配、刺激視覺記憶的大量圖像，使讀者在輕鬆的狀態下，打好日語基礎的底子。

「生活情境話題式」課程編排，讓學習更生動、活潑！

　　依據各種生活情境，劃分成旅遊、購物、美食、職場、學校、日常起居、休閒娛樂、人際關係等十大主題，揮別囫圇吞棗式的學習方法，打造如同生活場景般且趣味性十足的日語環境。

自學、教學適用，聽力、文法、單字、閱讀一網打盡！

　　每一課的課程內容包含聽力、文法、單字、閱讀四大單元，適合教師當作授課教材，帶領學生系統性地進入日語世界，達到互動教學的效果。本書同時也是自學者書架上不可或缺的日語學習書，無論是測驗解題、場景會話補充、文法例句、單字分類等皆應有盡有，最後還有將單字、文法融會貫通的閱讀訓練。

練習測驗與日檢同題型，活用、考用一次滿足！

　　從練習題來學習日語，藉由自我評量，才知道自己哪裡需要補強。本書練習測驗跟日檢題型相同，而且出題日本老師通通在日本，長年持續追蹤新日檢出題內容，徹底分析了歷年的新舊日檢考題，完美地剖析新日檢的出題心理，完全掌握最新出題趨勢。

Contents **目錄**

MEMO

學·校·篇

1 はなしを きいて、せんたくしの 1から4の なかから、いちばん いい ものを ひとつ えらんで ください。

1 34 ページ全部と 35 ページ全部	**2** 34 ページの 1・2番と 35 ページ の 1番
3 34 ページの 3番と 35 ページの 2番	**4** 34 ページの 2番と 35 ページの 3番

2 えを みながら しつもんを きいて ください。➡（やじるし）の ひとは、なんと いい ますか。1から3の なかから、いちばん いい ものを ひとつ えらんで ください。

1

聽力測驗 Listening

CHECK

1
2
3

きょうしつ せんせい はな
教室で先生が話しています。

教室裡，老師正在說話。

M　今日は 33 ページの問題まで終わりましたね。あとの練

しゅうもんだい しゅくだい
習問題は宿題にします。

今天已經做到第 33 頁的問題了吧。剩下的練習題當作回家功課。

F　えーっ、次の 2 ページは全部練習問題ですが、この 2 ペ

ぜん ぶ しゅくだい
ージ全部宿題ですか。

不要吧——！接下來兩頁都是練習題，這兩頁全部都是回家功課嗎？

M　うーん、ちょっと多いですね。では、34 ページの 1・2

ばん
番と、35 ページの 1 番だけにしましょう。

嗯，好像有點多哦。那麼，只做第 34 頁的第一、二題，還有第 35 頁的第一題吧。

F　34 ページの 3 番と、35 ページの 2 番は、しなくていい

のですね。

那第 34 頁的第三題，還有第 35 頁的第二題不用寫嗎？

M　はい。それは、また明日、学校でやりましょう。

對，那幾題留到明天來學校寫吧！

あした がっこう れんしゅうもんだい なん なんばん
明日学校でやる練習問題は、何ページの何番ですか。

請問明天要在學校做的練習題是第幾頁的第幾題呢？

選項翻譯

1　第 34 頁的全部和第 35 頁的全部
2　第 34 頁的第一、二題和第 35 頁的第一題
3　第 34 頁的第三題和第 35 頁的第二題
4　第 34 頁的第二題和第 35 頁的第三題

單　字

きょうしつ
教室／教室

せんせい
先生／老師

はな
話す／説，講

きょう
今日／今天

〜ページ／…頁

もんだい
問題／問題

お
終わる／結束

あと／之後

れんしゅうもんだい
練習問題／練習題

しゅくだい
宿題／作業

つぎ
次／接下來

ぜんぶ
全部／全部

ちょっと／稍微

おお
多い／多的

ばん
〜番／（表示順序）第…

また／再

あした
明日／明天

がっこう
学校／學校

やる／做

● 與「數字」相關的說法

た なかさま にいまるご ごうしつ
● 田中様ですね。205 号室です。

您是田中先生吧。是 205 號房。

ばんごう
● かぎの番号は 5842 です。

鑰匙的號碼是 5842。

答え／3

解説

這題問的是明天在學校做的練習題。聽到「34 ページの 3 番と、35 ページの 2 番」後面雖然有「しなくていい」（不用寫），知道這不是作業。但最後一句說「明日、学校でやりましょう」知道答案是 3。這題有「頁」又有「題」，再加上必須能聽懂幾個關鍵文法，問題又在最後才提問，所以有一定的難度。切記一定要邊聽邊記時間及對應的內容。

先生の部屋から出ます。何と言いますか。
要離開老師的辦公室。請問這時該說什麼呢？

單　字

部屋／房間；屋子
出る／出去；出來
言う／説・講

M　　⑴　おはようございます。
　　　　　　　早安。

　　　⑵　失礼しました。
　　　　　　　打擾您了。

　　　⑶　おやすみなさい。
　　　　　　　晚安。

● 與道歉相關的說法

すみません。
不好意思。

ごめんなさい。
對不起。

申し訳ありません。
萬分抱歉。

回答：いいんですよ。
　　　　　沒關係的。

答え／2

解說

從老師或上司的辦公室告退時，要說「失礼しました」（打擾您了），表示剛剛進入您的辦公室佔用了您的時間。「失礼しました」也用在對他人做了不禮貌的事而表達歉意時。「すみません」用在單純覺得這件事對別人不好而感到歉意。「ごめなさい」有自己做錯事請求饒恕的意思。「申し訳ありません」強調責任全在自己而表達歉意。

1 （ ）に 何を 入れますか。1・2・3・4から いちばん いい ものを 一つ
えらんで ください。

Question 1

A 「どうして もう すこし はやく （ ）。」

B 「あしが いたいんです。」

1 あるきます　　　　　2 あるきたいのですか

3 あるかないのですか　4 あるくと

Question

A 「こんど いっしょに 山に のぼりませんか。」

B 「いいですね。いっしょに （ ）。」

1 のぼるでしょう　　　2 のぼりましょう

3 のぼりません　　　　4 のぼって います

Question 3

A 「さあ、出かけましょう。」

B 「あと、10分（ ） まって くださいませんか。」

1	2	3	4
ずつ	だけ	など	から

Question 4

子どもは あまい もの（ ） すきです。

1	2	3	4
が	に	だけ	や

2 　 1 から 5 に 何を 入れますか。ぶんしょうの いみを かんがえて、1・2・3・4から いちばん いい ものを 一つ えらんで ください。

Article

日本で べんきょうして いる 学生が、「日曜日に 何を するか」について、クラスの みんなに 話しました。

わたしは、日曜日は いつも 朝 早く おきます。へや の そうじや せんたく 　1　 から、近くの こうえんを さんぽします。こうえんは、とても 　2　 、大きな 木が 何本も 　3　 。きれいな 花も たくさん さいて います。

ごごは、としょかんに 行きます。そこで、3時間ぐらい ざっしを 読んだり、べんきょうを 　4　 します。としょかんから 帰る ときに 夕飯の やさいや 肉を 買います。夕飯は テレビを 　5　 、一人で ゆっくり 食べます。

夜は、2時間ぐらい べんきょうを して、早く ねます。

1
1 が して　2 が おわって　3 は して　4 は おわって

2
1 ひろくで　2 ひろいで　3 ひろい　4 ひろくて

3
1 います　2 いります　3 あるます　4 あります

4
1 したり　2 して　3 しないで　4 また

5
1 見たり　2 見ても　3 見ながら　4 見に

1　（　　　）該填入什麼呢？請從 1、2、3、4 中，選出一項最適當的答案。

のだ

A　「どうして　もう　すこし　はやく　（あるかないのですか）。」
　　「為什麼（不走）快一點呢？」

B　「あしが　いたいんです。」
　　「人家腳痛嘛！」

答え／ 3

● 解說

看到詢問理由的疑問詞「どうして」可以知道 A 提出了問句，這時候可以保留選項 2 跟 3。但是，選項 2 用「動詞たい」來提出疑問，這是要問聽話者 B 的願望，而 B 的回答並沒有這樣的意思，這就可以刪除 2。知道答案是 3。用「～のだ／んだ」表示要求對某狀況進行說明。

れい　どうして宿題をやらなかったのですか。
　　　為什麼沒寫作業呢？

動詞ましょう　　　「做…吧」。

A　「こんど　いっしょに　山に　のぼりませんか。」
　　「下回要不要一起爬山呢？」

B　「いいですね。いっしょに　（のぼりましょう）。」
　　「好耶！我們一起去（爬山吧）！」

答え／ 2

● 解說

當對方用「～ませんか」或「～ましょうか」提出邀約時，可以用「～ましょう」作為同意的回應。由前句的「のぼりませんか」可以知道答案是 2。「動詞ます形＋ましょう」的形式，也可以表示勸誘對方跟自己一起做某事。

れい　4人いるから、タクシーに乗りましょう。
　　　既然有四個人，那就一起搭一輛計程車吧。

だけ 「只」、「僅僅」。

A 「さあ、出かけましょう。」
　　「好了，我們出門吧！」

B 「あと、10分（だけ）　まって　くださいませんか。」
　　「可否麻煩再等我十分鐘就好嗎？」

答え／2

● **解說**

從「あと」（再）跟「まってくださいませんか」（可否麻煩等…）婉轉有禮貌的請求對方等待，知道這裡需要帶有強調數量之少的語氣的「數量詞＋だけ（只要）」了。其他選項「ずつ（各…）」、「など（…等）」及「から（從…）」，意思不合，所以答案是2。

れい　お菓子だけ食べて、ご飯は食べません。
　　　只吃甜點，不吃飯。

～が 表對象。

子どもは　あまい　もの（が）　すきです。
小孩子喜歡甜食。

答え／1

● **解說**

「すきです」前面要接格助詞「が」，來表示人們喜歡、喜好的對象。看到「あまいもの」與「すき」的關係，就可以知道答案是1。「が」也表示技術等優劣的對象，還有具備某種能力的對象。

れい　英語が分かりますか。
　　　你懂英文嗎？

2 1 到 5 的空格該填入什麼呢？請思考文章的意思，並從 1、2、3、4 依正確順序排列。

在日本留學的學生以〈星期天做什麼呢〉為題名寫了一篇文章，並且在班上同學的面前誦讀給大家聽。

我星期天總是很早起床。打掃完房間、洗完衣服以後，我會到附近的公園散步。那座公園很大，有好幾棵大樹，也開著很多美麗的花。

下午我會去圖書館，在那裡待 3 個小時左右，看看雜誌或者是讀讀功課。從圖書館回來的路上買做晚飯用的蔬菜和肉等等。晚飯一面看電視，一面自己一個人慢慢吃。

晚上大約用功 2 個小時就早早上床睡覺。

1　　　　　　　　　　　　　　　　　　　　　　　　　　　答え／ 2

這一題可以有兩種說法。第一種是使用文法「～が＋自動詞」，說成「へやのそうじやせんたくがおわってから」。另一種則使用文法「～を＋他動詞」，說成「へやのそうじやせんたくをしてから」。由於這題並沒有「をして」的選項，因此答案是 2。「～が＋自動詞」一般用在自然等等的力量，沒有人為的意圖而發生的動作，但即使是人主動實行某行為，也常常有像這樣使用自動詞的表現方式。

2　　　　　　　　　　　　　　　　　　　　　　　　　　　答え／ 4

因為要連結兩個句子「こうえんはとてもひろいです（那座公園很大）」與「こうえんは大きな木が何本もあります（公園裡有好幾棵大樹）」，因此形容詞「ひろいです」要變成「ひろくて」把兩個句子連結成一個句子。

3　→　1（有生命的動物）有　　　2　需要　　　3　×　　　4（無生命物或植物）有　　答え／ 4

這裡的存在物是植物，所以存在動詞要用「あります」。日語的無生命事物的存在句型是「～があります」，「が」接在體言後面表示存在的人事物，存在動詞「あります」用在植物或沒有生命的事物的存在。

4　　　　　　　　　　　　　　　　　　　　　　　　　　　答え／ 1

從前面的「読んだり」再加上空格後面的「します」，就要馬上反應「動詞たり、動詞たりします」（又…又…）這個表示動作並列，意指從幾個動作之中，例舉出兩、三個有代表性的，並暗示還有其他的句型。答案是 1「したり」。

5　　　　　　　　　　　　　　　　　　　　　　　　　　　答え／ 3

這一題的考點在看電視和吃晚飯這兩個動作同時進行，選項中表示動作同時進行的「動詞ながら」當然就是答案了。「テレビを見ながら、…」（邊看電視，邊…）是很常的出題方式喔！

1 來看看與「文具、閱讀」相關的單字吧。

預習 ボールペン　まんねんひつ　コピー　じびき　ペン　しんぶん
　　　ほん　　　　ノート　　　　えんぴつ　じしょ　ざっし　かみ

❶ ボールペン／原子筆

❷ 万年筆（まんねんひつ）／鋼筆

❸ コピー／拷貝，複製

❹ 字引（じびき）／字典

❺ ペン／原子筆，鋼筆

❻ 新聞（しんぶん）／報紙

❼ 本（ほん）／書

❽ ノート／筆記本

❾ 鉛筆（えんぴつ）／鉛筆

❿ 辞書（じしょ）／辭典

⓫ 雑誌（ざっし）／雜誌

⓬ 紙（かみ）／紙

2 來看看與「學校」相關的單字吧。

預習 せいと
　　　がくせい
　　　だいがく
　　　クラス
　　　としょかん

❶ 生徒（せいと）／〈中學、高中〉學生

❷ 学生（がくせい）／〈大〉學生

❸ 大学（だいがく）／大學

❹ クラス／〈學校的〉班級

❺ 図書館（としょかん）／圖書館

3 來看看其他相關的單字吧。

テスト／考試	意味（いみ）／意思	名前（なまえ）／名字	番号（ばんごう）／號碼
平仮名（ひらがな）／平假名	片仮名（かたかな）／片假名	漢字（かんじ）／漢字	作文（さくぶん）／作文
留学生（りゅうがくせい）／留學生	夏休み（なつやすみ）／暑假	休み（やすみ）／休息，假日	言葉（ことば）／詞語
英語（えいご）／英語			

1 ＿＿の ことばは どう かきますか。1・2・3・4から いちばん いい ものを ひとつ えらんで ください。

Question 1

こたえは <u>全部</u> わかりました。

1 ぜんぶ
2 ぜんたい
3 ぜいいん
4 ぜんいん

Question 2

かんじの かきかたを <u>習い</u>ました。

1 なれい
2 うたい
3 ほしい
4 ならい

Question 3

りょこうの ことを <u>さくぶんに</u> かきました。

1	2	3	4
昨人	作文	昨文	作分

2　（　）に　なにを　いれますか。1・2・3・4から　いちばん　いい　ものを　ひとつ　えらんで　ください。

Question 1

わたしの　クラスの　（　　　）は　まだ　24さいです。

1	2	3	4
せいと	せんせい	ともだち	こども

Question 2

はこに　えんぴつが　（　　　）　はいって　います。

1　ごほん
2　ろっぽん
3　ななほん
4　はっぽん

3　___の　ぶんと　だいたい　おなじ　いみの　ぶんが　あります。1・2・3・4から　いちばん　いい　ものを　ひとつ　えらんで　ください。

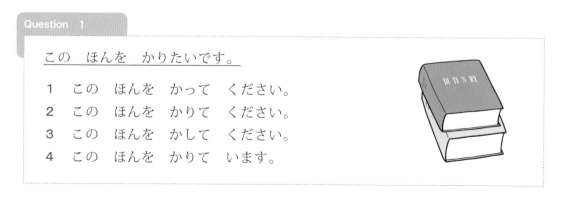

Question 1

この　ほんを　かりたいです。

1　この　ほんを　かって　ください。
2　この　ほんを　かりて　ください。
3　この　ほんを　かして　ください。
4　この　ほんを　かりて　います。

1 ＿＿＿上的詞彙該如何書寫呢？請從 1、2、3、4中，選出一項最適當的答案。

1

こたえは　全部　わかりました。

➡ 答案已經<u>全部</u>懂了。

答え／1

「全」加上「部」，合起來表示「全部」的意思，用音讀，唸作「ぜんぶ」。

2

かんじの　かきかたを　習いました。

➡ <u>學習</u>了漢字的寫法。

答え／4

像動詞等有語尾活用變化的字，唸法通常是訓讀，「習う」讀作「ならう」。音讀讀作「しゅう」，如「予習／よしゅう（預習）」。

3

りょこうの　ことを　作文に　かきました。

➡ 把那趟旅行寫進了<u>作文</u>裡。

答え／2

「さく」、「ぶん」分別是「作」、「文」兩字的音讀。這個單字意思與中文大致相同，不過單就「文」而言，通常是指「句子」的意思。

メモ

2　（　）該填入什麼呢？請從 1、2、3、4 中，選出一項最適當的答案。

わたしの　クラスの　せんせいは　まだ　24 さいです。
1　せいと
2　せんせい
3　ともだち
4　こども

➜ 我班上的老師才 24 歲。
1　學生
2　老師
3　朋友
4　小孩

答え／2

題目提到我們班的某某人才二十四歲，知道要提的班上的人物，可以刪去 3 跟 4。是從「クラス」（班上）、「まだ」（才）可以知道答案是「せんせい」。而選項 1 的「せいと」（學生），主要是指國、高中生，在年齡上不符，所以是不正確的。

はこに　えんぴつが　ごほん　はいって　います。
1　ごほん
2　ろっぽん
3　ななほん
4　はっぽん

➜ 盒子裡裝有 5 支鉛筆。
1　5 支
2　6 支
3　7 支
4　8 支

答え／1

這一題的考點是「數字＋量詞」。在日語中，表示「えんぴつ」（鉛筆）等細長物的數量時，通常用「～ほん」。插圖中，盒子裡的鉛筆有五支，因此答案是 1 的「ごほん」。

3　有和＿＿＿上的句子意思大致相同的句子。請從 1、2、3、4 中，選出一項最適當的答案。

この　ほんを　かりたいです。
1　この　ほんを　かって　ください。
2　この　ほんを　かりて　ください。
3　この　ほんを　かして　ください。
4　この　ほんを　かりて　います。

➜ 我想要借這本書。
1　請買這本書。
2　請借這本書。
3　請借給我這本書。
4　這本書正在出借中。

答え／3

這題的解題關鍵在「借りる」（借入）與「貸す」（借出）的用法。「かりる」表示將某物「借入」來用，「かす」表示將某物「借出」給他人。問句的「かりたい」（想借…），是「かりる＋たい」的用法，「動詞たい」表示主詞或說話人的願望。
這樣意思大致相同就是選項 3 的「かしてください」（請借給我）了，句型「～てください」表示請求。選項 2 的「かりてください」意思是「請（跟我）借」，意思上不合邏輯。

1

讀解練習 Reading

CHECK
● 1
● 2
● 3

つぎの 1と 2の ぶんしょうを 読んで、しつもんに こたえて ください。こたえは、1・2・3・4から いちばん いい ものを 一つ えらんで ください。

1 中田くんの 机の 上に 松本先生の メモが ありました。

中田くん

　　明日の じゅぎょうで つかう この 地図を 50枚 コピーして ください。24枚は クラスの 人に 1枚ずつ わたして ください。あとの 26枚は、先生の 机の 上に のせて おいて ください。

松本

Q 中田くんは、地図を コピーして クラスの みんなに わたした あと、どう しますか。

① 26枚を いえに もって 帰ります。
② 26枚を 先生の 机の 上に のせて おきます。
③ みんなに もう 1枚ずつ わたします。
④ 50枚を 先生の 机の 上に のせて おきます。

2

　わたしは、まいにち　歩いて　学校に　行きます。けさは、おそく　おきたので、朝ごはんも　食べないで　家を　出ました。しかし、学校の　近くまで　きた　とき、けいたい電話を　わすれた　ことに　＊気が　つきました。わたしは、走って　家に　とりに　帰りました。けいたい電話は、へやの　つくえの　上に　ありました。

　時計を　見ると、8時38分です。じゅぎょうに　おくれるので、じてんしゃで　行きました。そして、8時46分に　きょうしつに　入りました。いつもは、8時45分に　じゅぎょうが　はじまりますが、その　日は　まだ　はじまって　いませんでした。

＊気がつく：わかる。

(1)　学校の　近くで、「わたし」は、何に　気が　つきましたか。

❶　朝ごはんを　食べて　いなかった　こと

❷　けいたい電話を　家に　わすれた　こと

❸　けいたい電話は　つくえの　上に　ある　こと

❹　走って　行かないと　じゅぎょうに　おくれる　こと

(2)　「わたし」は、何時何分に　きょうしつに　入りましたか。

❶　8時38分

❷　8時40分

❸　8時45分

❹　8時46分

1

讀解練習 Reading

CHECK

1
2
3

請閱讀下列 1 跟 2 的文章，並回答問題。請從 1、2、3、4 中，選出一項最適當的答案。

1 中田同學的桌上有一張松本老師留言的紙條。

中田同學

　　請把這張地圖影印 50 份以供明天課程之用。其中的 24 張請發給全班一人 1 張，剩下的 26 張請放在老師的桌上。

松本

請問中田同學影印地圖並發給了全班同學之後，接下來該做什麼呢？

❶ 把 26 張帶回家裡。

❷ 把 26 張放在老師桌上。

❸ 再加發給每個同學 1 張。

❹ 把 50 張放在老師桌上。

解説 答え／**2**

這張紙條是由三個句子所組合而成的。題目裡提到的「幫老師影印地圖」出現在紙條的第一句裡，而「發給全班同學」則相當於第二句。因此，在發給同學以後要做的事，也就在第三句裡面。紙條的內容和選項 2 的敘述大致相同，應該很容易就能答對了。

2

　　我每天都走路去上學。今天早上很晚才起床，所以連早餐也沒吃就出門了。然而，快到學校附近的時候，才*發現忘記帶行動電話了，我又跑回家去拿。行動電話就擺在房間的桌上。

　　一看時鐘，已經 8 點 38 分了。這樣上課會遲到，於是我騎了自行車去。結果在 8 點 46 分進了教室。平常都是 8 點 45 分開始上課，但是那天還沒開始。

＊發現：知道。

(1) 快到學校附近的時候，「我」發現了什麼事？

❶ 沒吃早餐　　　　❷ 行動電話忘在家裡了

❸ 行動電話擺在桌上　❹ 不用跑的就會遲到

解説 答え／**2**

文章中加底線部分經常是問題點，首先就從附近找解答吧。題目要問「何に気がつきましたか」，看到「～ことに気がつきました」，知道「～」這部份就是「何」要的答案「けいたい電話をわすれた」。答案是 2。

(2) 「我」是在幾點幾分進到教室的呢？

❶ 8 點 38 分　　　　❷ 8 點 40 分

❸ 8 點 45 分　　　　❹ 8 點 46 分

解説 答え／**4**

原文倒數第二行很明確地寫著正確答案。

1 內文出現的文法

～に～があります／います　某處有某物或人。

表某處存在某物或人，也就是無生命事物，及有生命的人或動物的存在場所，用「（場所）に（物）があります 、（人）がいます」。表示事物存在的動詞有「あります／います」，無生命的事物或自己無法動的植物用「あります」，如例（1）；「います」用在有生命的，自己可以動作的人或動物，如例（2）。

① あそこに大きな木があります。
　　那裡有棵大樹。

② アメリカに友だちがいます。
　　我有朋友在美國。

ずつ　每、各。

接在數量詞後面，表示平均分配的數量。

□ 強いお酒なので、少しずつ飲みます。
　　這支酒很烈，所以要喝慢一點。

まだ＋否定　還（沒有）…。

表示預定的事情或狀態，到現在都還沒進行，或沒有完成。

□ まだ今朝の新聞を読んでいません。
　　還沒看今天早上的報紙。

比較文法

まだ＋肯定　還…；還有…。

表示同樣的狀態，從過去到現在一直持續著，如例（1）；也表示還留有某些時間或東西，如例（2）。

① 私はまだ学生です。
　　我還是學生。

② コーヒーはまだありますか。
　　還有咖啡嗎？

2 數字

▶ ゼロ・零／零	▶ 1／一	▶ 2／二	▶ 3／三
▶ 4・4／四	▶ 5／五	▶ 6／六	▶ 7・7／七
▶ 8／八	▶ 9・9／九	▶ 10／十	▶ 百／百
▶ 千／千	▶ 万／萬		

3 量詞

▶ ～階・階／…樓	▶ ～回／…次	▶ ～個／…個	▶ ～歳／…歲
▶ ～冊／…本	▶ ～台／…台	▶ ～人／…個人	～杯・杯・杯／…杯
▶ ～番／（表順序）第…	▶ ～匹・匹・匹／…隻	▶ ページ／…頁	▶ ～本・本・本／…支，…棵，…瓶
▶ ～枚／…張			

4 接續詞

| ▶ しかし／然而 | ▶ そうして・そして／然後；而且 | ▶ それから／然後；還有 | ▶ それでは／那麼 |
| ▶ でも／但是 | | | |

2 工作．職場篇

1　はなしを　きいて、せんたくしの　1から4の　なかから、いちばん　いい　ものを　ひとつ
　　えらんで　ください。

2　えを　みながら　しつもんを　きいて　ください。➡（やじるし）の　ひとは、なんと　いい
　　ますか。1から3の　なかから、いちばん　いい　ものを　ひとつ　えらんで　ください。

(2-1)

会社で、男の人と女の人が話しています。

公司裡，男士和女士正在交談。

M　増田さんがいないとき、井上さんという人が来ましたよ。

増田小姐不在的時候，有位姓井上的人來過喔！

F　男の人でしたか。

是先生嗎？

M　いいえ、女の人でした。仕事で来たのではなくて、増田さんのお友だちだと言っていましたよ。

不是，是一位小姐。她不是來洽公的，說自己是增田小姐的朋友喔！

F　井上という女の友だちは、二人います。どちらでしょう。眼鏡をかけていましたか。

姓井上的女性朋友，我有兩個，不知道是哪一個呢？有沒有戴眼鏡？

M　いいえ、眼鏡はかけていませんでした。背が高い人でしたよ。

不，沒有戴眼鏡。身高很高喔！

会社に来たのは、どの人ですか。

請問來過公司的是什麼樣的人呢？

單　字
会社／公司
男の人／男性
女の人／女性
〜さん／…先生，…小姐
人／人
来る／來
仕事／工作
友だち／朋友
二人／兩個人
眼鏡／眼鏡
かける／戴（眼鏡）
背・背／身高
高い／高的

● 人物特徵的相關說法

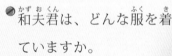

和夫君は、どんな服を着ていますか。

和夫穿著什麼樣的衣服呢？

あの茶色い帽子の人が上田さんです。

那位戴褐色帽子的人是上田先生。

うちの子は5歳ですが、小学生に見えます。

我家孩子雖然才5歲，但是看起來像小學生。

田中さんは、沢田さんの右にいる人です。

田中先生是在澤田小姐右邊的那個人。

答え／4

解說

請用刪除法找出正確答案。因為是女生，所以選項1和3可以刪除。其次的條件是沒有戴眼鏡，身高高的人，所以答案是4。看到這樣的人物題型，馬上反應「男女、高矮、有沒有戴眼鏡」等跟描寫外觀有關的單字。

会社^{かいしゃ}で、知^しらない人^{ひと}にはじめて会^あいます。何^{なん}と言^いいますか。

在公司和陌生人初次見面。請問這時該說什麼呢？

單　字

知^しる／認識；知道

はじめて／第一次

会^あう／見面

M　　⑴　ありがとうございます。

　　　　　　謝謝您。

　　　⑵　はじめまして。

　　　　　　幸會。

　　　⑶　失礼^{しつれい}しました。

　　　　　　失陪了。

● 自我介紹的説法

1年前^{ねんまえ}に日本^{にほん}へ来^きました。

1年前來到了日本。

音楽^{おんがく}とスポーツが好^すきです。

我喜歡音樂和運動。

黄^{こう}と申^{もう}します。

敝姓黃。

どうぞよろしくお願^{ねが}いします。

請多多指教。

答え／2

解説

第一次見面時的問候語，以「はじめまして。○○と申します。よろしくお願いします（幸會，敝姓○○，請多指教）」為基本句型。

1 （ ）に 何を 入れますか。1・2・3・4から いちばん いい ものを 一つ
えらんで ください。

① A「あなたは、その 人の （ ） ところが すきですか。」
B「とても つよい ところです。」

① どこの	② どんな	③ どれが	④ どこな

② A「あなたは あした だれと 会うのですか。」
B「小学校の （ ） 友だちです。」

① とき	② まえに	③ あとで	④ ときの

③ わたしは 1年まえ にほんに （ ）。

1 行きます
2 行きたいです
3 来ました
4 来ます

④ 夜の そらに 丸い 月が でて （ ）。

1 いきます
2 あります
3 みます
4 います

2 ［ 1 ］ から ［ 5 ］ に 何を 入れますか。ぶんしょうの いみを かんがえて、1・2・3・4から いちばん いい ものを 一つ えらんで ください。

日本で べんきょうして いる 学生が、「わたしの 町の 店」について ぶんしょうを 書いて、クラスの みんなの 前で 読みました。

わたしが 日本に 来た ころ、駅 ［ 1 ］ アパートへ 行く 道には 小さな 店が ならんで いて、八百屋さんや 魚屋さんが ［ 2 ］。
しかし 、2か月［ 3 ］ その 小さな 店が ぜんぶ なくなって、大きな スーパーマーケットに なりました。
スーパーには、何［ 4 ］ あって べんりですが、八百屋や 魚屋の おじさん おばさんと 話が できなく なったので、［ 5 ］ なりました。

①
1 へ ・ 2 に ・ 3 から ・ 4 で

②
1 あります ・ 2 ありました ・ 3 います ・ 4 いました

③
1 中 ・ 2 の前 ・ 3 から ・ 4 前

④
1 も ・ 2 さえ ・ 3 でも ・ 4 が

⑤
1 つまらなく ・ 2 近く ・ 3 しずかに ・ 4 にぎやかに

工作・職場篇 27

1 （　　　）該填入什麼呢？請從１、２、３、４中，選出一項最適當的答案。

どんな 「什麼樣的」。

A 「あなたは、その　人の　（どんな）　ところが　すきですか。」
「你喜歡那個人的（什麼）地方呢？」

B 「とても　つよい　ところです。」
「他非常堅強。」

答え／ 2

● 解說

「どんな」（什麼樣的…）後接名詞，用在詢問人事物的特徵、性質。句型是「〜はどんな〜ですか」。跟一般疑問句不同，回答時不需要回答「はい」、「いいえ」，但要回答人事物的特徵、性質。小心別看到「ところ」，就以為在問地點，「ところ」在這邊指的是「その人」的特質。

れい どんな人と結婚したいですか。
你想和什麼樣的人結婚呢？

〜とき 「…的時候…」。

A 「あなたは　あした　だれと　会うのですか。」
「你明天要和誰見面呢？」

B 「小学校の　（ときの）　友だちです。」
「小學（時代的）朋友。」

答え／ 4

● 解說

從句子意思來看的話，空格不適合填入選項2、3。這一題的考點在「名詞＋の＋とき」，表示某狀態有一定的期間。但，由於空格後面接的是名詞「友だち」，所以必須再接表示說明名詞內容的「の」，變成「名詞＋の＋とき＋の＋名詞」的形式，知道選項4才是正確答案。

れい 暇なときは、よくプールで泳ぎます。
閒暇時，我常去泳池游泳。

動詞（過去肯定／過去否定）

わたしは　1年まえ　にほんに　（来ました）。

我 1 年前（來到了）日本。

答え／ 3

● 解説

　　從「1年まえ」（一年前）知道這裡需要一個過去式的時態，可以知道答案是 3「来ました」。

れい　財布をなくしました。

　　　　把錢包弄丟了。

〔動詞＋ています〕（結果或狀態的持續）

夜の　そらに　丸い　月が　でて　（います）。

夜空中（有著）一輪明月。

答え／ 4

● 解説

　　1 跟 3 的說法不合邏輯。「でて」是自動詞「でる」的て形，可以接「います」。而「てあります」基本上只能接他動詞，所以答案是 4。

れい　藤田さんは、今日は眼鏡をかけています。

　　　　藤田先生今天戴著眼鏡。

2　1到5的空格該填入什麼呢？請思考文章的意思，並從1、2、3、4依正確順序排列。

> 在日本留學的學生以〈我居住的街市上的店〉為題名寫了一篇文章，並且在班上同學的面前誦讀給大家聽。
>
> 我剛來到日本的時候，從車站走到公寓的這一段路上，沿途一家家小商店林立，有蔬果店也有魚鋪。
>
> 可是，在2個月前那些小商店全部都消失了，換成了一家大型超級市場。
>
> 超級市場裡面什麼都有，非常方便，但是從此無法與蔬果店和魚鋪的老闆及老闆娘聊天，走這段路變得很無聊了。

①

答え／3

解說　從「アパートへ行く」（走到公寓）來推測，緊接在「駅」後面的，應該填入表示起點的助詞「から」。

②

答え／2

解說　分辨「ある」和「いる」的用法屬於日文中最基礎的概念。由於這裡指的不是動物而是店家，因此要用「ある」。此外，對應於「わたしが日本に来たころ」用的是過去式，因此句子最後面用的也是過去式。

③

答え／4

解說　選項1跟3明顯是錯的。由後半段的文意可以知道，「2か月」指過去的時間，所以答案是選項4。選項2因為時間名詞後面接「まえ（…前）」的時候，不會加「の」，當然是不正確的。另外，空格後面也可以加「に」，說成「2か月前に」。

④

答え／3

解說　這題考點是「疑問詞＋でも」表示「全部」，加上「べんりです」一起考量的話，選項3才符合文意。假如不曉得「疑問詞＋でも」這個文法句型，就讓我們來逐一分析其他的選項吧！選項1「何も」讀作「なにも」，首先讀音是不對的，再加上後面一定要接否定的表現，但後面馬上接的是肯定的「あって」，因此不對。至於選項2「さえ」這個字詞，應該是第一次看到吧。單看這個字詞或許不知道是什麼意思，不過根本沒有「何さえ」這個用法。而選項4「何が」一般讀作「なにが」，除了讀音不對之外，「なにがあってべんりです」這句話語意也不明，當然是錯誤的選項囉。

⑤

| 1　つまらなく | 2　近く | | 1　無聊 | 2　近 |
| 3　しずかに | 4　にぎやかに | | 3　安靜 | 4　熱鬧 |

答え／1

解說　看到「べんりですが」裡的「べんり」這個具有正面意思的詞後面，緊跟著逆接的「が」，知道後面會接上負面語意的詞語。而具有負面意思的詞語只有選項1。不僅這樣，選項1也能跟前面的「話ができなくなったので」（因為無法聊天）相互呼應。

1 來看看「人物稱呼」的單字吧。

預習　おとこ　　　　おんな　　　　おとこのこ　　おんなのこ　　おとな
　　　こども　　　　がいこくじん　かた

① 男／男性

② 女／女性

③ 男の子／男孩子

④ 女の子／女孩子

⑤ 大人／大人，成人

⑥ 子ども／小孩

⑦ 外国人／外國人

⑧ 方／位，人

2 來看看「職業」的單字吧。

預習　いしゃ
　　　おまわりさん
　　　けいかん

① 医者／醫師

② お巡りさん／〈俗稱〉警察

③ 警官／警察

3 來看看與其他相關的單字吧。

① 一人／一人；一個人

② 二人／兩個人；兩人

③ 皆さん／大家

④ 大勢／很多〈人〉

1 ＿＿の ことばは どう かきますか。1・2・3・4から いちばん いい ものを ひとつ えらんで ください。

① よる おそくまで 仕事を しました。

① しごと
② かじ
③ しゅくだい
④ しじ

② あれが わたしの 会社です。

① がいしゃ
② かいしや
③ ごうしゃ
④ かいしゃ

③ かわいい おんなのこが うまれました。

| ① 男の子 | ② 妹の子 | ③ 女の子 | ④ 母の子 |

2　（　）に　なにを　いれますか。1・2・3・4から　いちばん　いい　ものを　ひとつ　えらんで　ください。

❶　わからない　ときは、いつでも　わたしに　（　　　）　ください。

| ❶ つくって | ❷ はじめて | ❸ きいて | ❹ わかって |

❷　あと　（　　　）しか　じかんが　ありません。

① 10 冊
② 10 回
③ 10 個
④ 10 分

3　＿＿の　ぶんと　だいたい　おなじ　いみの　ぶんが　あります。1・2・3・4から　いちばん　いい　ものを　ひとつ　えらんで　ください。

❶　<u>父は、10ねんまえから　ぎんこうに　つとめて　います。</u>

① 父は、10ねんまえから　ぎんこうを　とおって　います。
② 父は、10ねんまえから　ぎんこうを　つかって　います。
③ 父は、10ねんまえから　ぎんこうの　ちかくに　すんで　います。
④ 父は、10ねんまえから　ぎんこうで　はたらいて　います。

1 ＿＿＿上的詞彙該如何書寫呢？請從 1、2、3、4中，選出一項最適當的答案。

1

よる　おそくまで　仕事を　しました。

➔ <u>工作</u>到了夜裡很晚的時候。

答え／ 1

解說　「仕」與「事」合起來唸作「しごと」，表示「工作」的意思。其中「仕／し」是使用音讀讀音的假借字，「事」是訓讀「こと」產生連濁，唸作「ごと」。另外，「事」音讀讀作「じ」。

2

あれが　わたしの　会社です。

➔ 那間是我的<u>公司</u>。

答え／ 4

解說　「会」與「社」二字組合用音讀，合起來唸作「かいしゃ」。另外，「会う（見面）」用訓讀，讀作「あう」。請留意，「社」音讀是拗音「しゃ」，別唸成「しや」囉。

3

かわいい　女の子が　うまれました。

➔ 生下了一個可愛的<u>女孩子</u>。

答え／ 3

解說　「おんな」是漢字「女」的訓讀。意思與中文相同，「女」音讀讀作「じょ」，如「じょせい／女性（女性）」。

メモ

2 （　　）該填入什麼呢？請從 1 、 2 、 3 、 4 中，選出一項最適當的答案。

わからない　ときは、いつでも　わたしに　きいて
ください。
1　つくって　　　2　はじめて
3　きいて　　　　4　わかって

➡ 有不清楚的地方，儘管隨時問我。
1　做
2　開始
3　問
4　知道

答え／ 3

從前項的「わからないとき」（不知道的時候），可以知道答案是「きいて」。句型「～てく
ださい」用在請求、指示或命令某人做某事。

あと　10分しか　じかんが　ありません。
1　10冊
2　10回
3　10個
4　10分

➡ 時間只剩下 10 分鐘了。
1　10 本
2　10 次
3　10 個
4　10 分鐘

答え／ 4

這一題的測驗點在能不能看懂「じかん」（時間）這個字。答案是 4 的「10 分」。句型「し
か＋否定」是「只、僅僅」的意思，表示數量上的限定，含有感覺該數量太少的不滿語感。

3 有和＿＿＿上的句子意思大致相同的句子。請從 1 、 2 、 3 、 4 中，選出一項最適當的答案。

父は、10ねんまえから　ぎんこうに　つとめて　います。
1　父は、10ねんまえから　ぎんこうを　とおって　います。
2　父は、10ねんまえから　ぎんこうを　つかって　います。
3　父は、10 ねんまえから　ぎんこうの　ちかくに　すん
　　で　います。
4　父は、10 ねんまえから　ぎんこうで　はたらいて　い
　　ます。

➡ 家父從 10 年前開始在銀行做事。
1　家父從 10 年前開始路經銀行。
2　家父從 10 年前開始利用銀行業務。
3　家父從 10 年前開始住在銀行附近。
4　家父從 10 年前開始在銀行工作。

答え／ 4

表示「在…工作」可以用「～につとめている」，或「～ではたらいている」。答案是 4。「つ
とめる」助詞用「に」，指屬於某處的職員，在其中工作；「はたらく」助詞用「で」，指在
某處工作，也指沒有酬勞的工作，如打掃等。

2

1　つぎの　ぶんしょうを　読んで、しつもんに　こたえて　ください。こたえは、1・2・3・4から　いちばん　いい　ものを　一つ　えらんで　ください。

自己紹介

　わたしは　大学生です。わたしの　父は　大学で英語を　おしえて　います。母は　医者で、病院につとめて　います。姉は　会社に　つとめて　いましたが、今は　けっこんして、東京に　すんで　います。

姉

父

母

Q　「わたし」の　お父さんの　しごとは　何ですか。

① 医者

② 大学生

③ 大学の　先生

④ 会社員

2 「郵便料金」の 表を 見て、下の しつもんに こたえて ください。こたえは、1・2・3・4から いちばん いい ものを 一つ えらんで ください。

郵便料金
（てがみやはがきなどを出すときのお金）

定形郵便物 ＊1	25g 以内 ＊2	82 円
	50g 以内	92 円
定形外郵便物 ＊3	50g 以内	120 円
	100g 以内	140 円
	150g 以内	205 円
	250g 以内	250 円
	500g 以内	400 円
	1kg 以内	600 円
	2kg 以内	870 円
	4kg 以内	1,180 円
はがき	通常はがき	52 円
	往復はがき	104 円
速達 ＊4	250g 以内	280 円
	1kg 以内	380 円
	4kg 以内	650 円

＊1 定形郵便物 郵便の会社がきめた大きさで 50g までのてがみ。

＊2 25g 以内 25gより重くありません。

＊3 定形外郵便物 定形郵便物より大きいか小さいか、または重いてがみやにもつ。

＊4 速達 上のお金にこのお金をたすと、ふつうより早くつきます。

Q 中山さんは、会社の 仕事で、別の 会社に 200gの 手紙を 速達で 出します。いくらの 切手を はりますか。

① 250 円
② 280 円
③ 650 円
④ 530 円

1 請閱讀下列文章，並回答問題。請從1、2、3、4中，選出一項最適當的答案。

我是大學生。我爸爸在大學教英文；媽媽是醫師，在醫院工作；姊姊原本在公司上班，現在結婚了，住在東京。

「我」爸爸的工作是什麼呢？
① 醫師
② 大學生
③ 大學老師
④ 公司職員

答え／3

這篇文章是由四個句子組成的。題目裡問到關於「わたし」父親的相關敘述，只出現在第二句中。文章中雖然沒提到「先生」這個單詞，但由父親教授英文的描述，可以推斷他是一位老師。也就是說「大学で英語を教えています」跟「大学の先生」意思一樣。

2　請閱讀「郵件資費」表，並下列回答問題。請從 1、2、3、4 中，選出一項最適當的答案。

郵件資費
(信函、明信片等寄送資費一覽)

定型郵件　＊1	25 公克以內　＊2	82 日圓
非定型郵件　＊3	50 公克以內	92 日圓
	50 公克以內	120 日圓
	100 公克以內	140 日圓
	150 公克以內	205 日圓
	250 公克以內	250 日圓
	500 公克以內	400 日圓
	1 公斤以內	600 日圓
	2 公斤以內	870 日圓
	4 公斤以內	1,180 日圓
明信片	普通明信片	52 日圓
	附回郵明信片	104 日圓
限時專送　＊4	250 公克以內	280 日圓
	1 公斤以內	380 日圓
	4 公斤以內	650 日圓

＊1　定型郵件　在郵局規定的大小以內、重量不超過 50 公克的函件。

＊2　25 公克以內　重量不大於 25 公克。

＊3　非定型郵件　比定型郵件更大或更小、或者更重的函件或包裹。

＊4　限時專送　上面的費用再加上這裡的郵資，就會比普通郵件更早送達。

中山先生由於工作事務，想要用限時專送寄出 200 公克的信給其他公司，請問他該貼多少錢的郵票呢？

① 250 日圓
② 280 日圓
③ 650 日圓
④ 530 日圓

答え／4

解說　由於想以限時專送來寄 200 公克的信，就要選擇非定型郵件「250g 以內」郵資 250 日圓的，再加上限時專送「250g 以內」郵資是 280 日圓，總共是 530 日圓。答案是 4。選項 2 沒有加上「速達」的郵資，是錯的（可以參考備註 4）。假如只付限時專送的郵資就可以寄達的話，那麼一公斤以內或四公斤以內的郵資，就不可能比「定形外郵便物」相等重量的郵資還要便宜了。

1　內文出現的文法

〔動詞＋ています〕　工作

「動詞＋ています」接在職業名詞後面，表示現在在做什麼職業。也表示某一動作持續到現在，也就是說話的當時。

☐ 吉田さんはレストランをやっています。
吉田小姐目前在開餐廳。

～や～など　和…等。

這也是表示舉出幾項，但是沒有全部說完。這些沒有全部說完的部分用「など」（等等）來加以強調。「など」常跟「や」前後呼應使用。這裡雖然多加了「など」，但意思跟「…や…」基本上是一樣的。

☐ 私は、肉や魚などは食べません。
我不吃肉和魚。

～か～か～（選擇）　…或是…。

「か」也可以接在最後的選擇項目的後面。跟「～か～」一樣，表示在幾個當中，任選其中一個，如例（1）；另外，「～か＋疑問詞＋か」中的「～」是舉出疑問詞所要問的其中一個例子，如例（2）。

1 日曜日は、食べているか寝ているかです。
星期天通常不是吃東西就是睡覺。

2 妹か誰かが私のケーキを食べました。
不知道是妹妹還是誰把我的蛋糕吃掉了。

～や～（並列）　…和…。

表示在幾個事物中，列舉出二、三個來做為代表，其他的事物就被省略下來，沒有全部說完。

☐ 夜は、コーヒーやお茶は飲みません。
晚上不喝咖啡和茶飲。

～は～より

…比…。

「名詞＋は＋名詞＋より」。表示對兩件性質相同的事物進行比較後，選擇前者。「より」後接的是性質或狀態。如果兩件事物的差距很大，可以在「より」後面接「ずっと」來表示程度很大。

□ 私は弟より料理が下手です。

　我比弟弟還不善於做菜。

2　相關單字

サ行變格動詞

する／做　　　洗濯する／洗衣服　　　掃除する／打掃　　　旅行する／旅行
散歩する／散步　勉強する／努力學習　　練習する／練習　　　結婚する／結婚
質問する／提問

郵局

はがき／明信片　切手／郵票　　　　手紙／信函　　　　　封筒／信封
ポスト／郵筒

距離、重量

キロ（メートル）／公里　　　メートル／公尺　　　半分／一半
キロ（グラム）／公斤　　　　グラム／公克

MEMO

1 はなしを きいて、せんたくしの 1から4の なかから、いちばん いい ものを ひとつ えらんで ください。

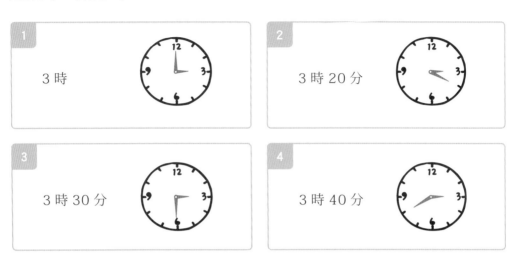

2 えを みながら しつもんを きいて ください。➡（やじるし）の ひとは、なんと いい ますか。1から3の なかから、いちばん いい ものを ひとつ えらんで ください。

3

聽力測驗 Listening

CHECK

● **1**

● **2**

● **3**

おとこ ひと おんな ひと はな
男の人と女の人が話しています。

男士和女士正在交談。

M　授業は3時に終わるから、学校の前のみどり食堂で、3
時20分に会いませんか。

我上課到3點結束，所以我們約3點20分在學校前面的綠意餐館碰面好嗎？

F　あの食堂にはみんな来るからいやです。少し遠いですが、
みどり食堂の100メートルぐらい先のあおば喫茶店はど
うですか。私は、学校を3時半に出るから、3時40分な
ら大丈夫です。

不要，那家餐館大家都會去。雖然稍微遠了一點，我們還是約距離綠意餐館大概100公
尺的綠葉咖啡廳吧？我3點半離開學校，3點40分應該就會到了。

M　じゃ、そうしましょう。あおば喫茶店ですね。

那就這樣吧。綠葉咖啡廳，對吧？

ふたり なんじ あ
二人は、何時に会いますか。

請問這兩位會在幾點見面呢？

選項翻譯

1　3點　　　2　3點20分　　　3　3點30分　　　4　3點40分

● 與「什麼時候」相關的說法

やす じかん じなんぷん
休み時間は、1時何分までですか。

休息時間是到1點幾分呢？

おんな ひと み えいが なんにち はじ
女の人が見たい映画は、何日に始まりますか。

女士想看的那部電影是從幾號開始上映呢？

きょねん むすめ う
去年、娘が生まれました。

去年女兒出生了。

わたし はたち
私はもうすぐ二十歳になります。

我很快就要滿20歲了。

答え／4

解説

因為提到「私は、学校を3時半に出るから、3時40分なら大丈夫です」、「じゃ、そうしましょう」，所以兩人
是在3點40分見面。這一題共出現四組時間「3點」、「3點20分」、「3點30分」跟「3點40分」，數字很接
近，不管在視覺上或聽覺上都很容易混淆，破解方式就是一邊聽準時間，一邊記下來，然後排除干擾部份。

夜、道で人に会いました。何と言いますか。

晚間在路上遇到人了。請問這時該說什麼呢？

M　　(1)　こんばんは。

　　　　　　晚上好。

　　　(2)　こんにちは。

　　　　　　午安。

　　　(3)　失礼します。

　　　　　　失陪了。

單　字

夜／晚上

道／路

● 與他人道別的說法

さようなら。

再見。

では、また。

那麼，下回見。

失礼します。

失陪了。

お休みなさい。

晚安。

答え／1

解說

適用於夜間的問候語只有選項1而已。日本人見面的時候，為了維持跟對方的親和關係，習慣說「早安」、「午安」、「晚安」，也常用「今天好熱啊」、「又下雨啦」這類有關天氣來打招呼。再見的時候說「では、また」是對平輩和朋友，說法比較輕鬆。再見時比較正式的說法是「失礼します」。

1　（　）に 何を 入れますか。1・2・3・4から いちばん いい ものを 一つ
えらんで ください。

---

1 わたし（　） 兄が 二人 います。

❶	❷	❸	❹
まで	では	から	には

---

2 すみませんが、この てがみを あなたの おねえさん（　） わた
して ください。

❶	❷	❸	❹
が	を	に	で

---

3 中山「大田さん、（　） バッグは きれいですね。まえから もっ
　　　 て いましたか。」

　　　大田「いえ、先週 かいました。」

❶ この　　　　❷ その

❸ あの　　　　❹ どの

---

4 しんごうが 青（　） なりました。わたりましょう。

❶	❷	❸	❹
で	い	に	へ

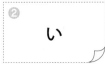
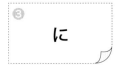

2 ____に 何を 入れますか。1・2・3・4の 番号を ならべて ください。

① A「いえには どんな ペットが いますか。」
　 B「［ (1) 犬　(2) ねこが　(3) と　(4) います ］よ。」

　□ ➡ □ ➡ □ ➡ □

② A「らいしゅう　［ (1) ません　(2) に　(3) パーティー　(4) 行き ］か。」
　 B「はい、行きたいです。」

　□ ➡ □ ➡ □ ➡ □

③ 山田「田上さん、きょうだいは？」
　 田上「［ (1) は　(2) います　(3) 姉　(4) が ］、妹は いません。」

　□ ➡ □ ➡ □ ➡ □

④ A「山田さんは まだ 来ないのですか。」
　 B「［ (1) 遅いです　(2) に　(3) ね　(4) 本当 ］。」

　□ ➡ □ ➡ □ ➡ □

3

文法練習
Grammar

CHECK

1

2

3

1 （　　）該填入什麼呢？請從 1、2、3、4 中，選出一項最適當的答案。

～には、へは、とは

わたし（には）　兄が　二人　います。

我（有）兩個哥哥。

答え／ 4

● 解說

格助詞「に、へ、と」後接「は」，有特別提出格助詞前項名詞的作用。這邊的「に」表示人事物的存在或所屬的場所。

れい　山本さんとは、ときどき会います。

我有時會和山本小姐見面。

〔對象（人）〕＋に　　　「給…」、「跟…」。

すみませんが、この　てがみを　あなたの　おねえさん（に）
わたして　ください。

「不好意思，麻煩將這封信轉交（給）你姊姊。」

答え／ 3

● 解說

從「お姉さん」跟「わたして」（轉交）這個動作的關係來分析，「わたして」這個動作朝向「お姉さん」，要用表示對象的格助詞「に」。

れい　先生に母からの手紙を渡しました。

將媽媽寫的信交給了老師。

この、その、あの、どの

中山「大田さん、（その）　バッグは　きれいですね。まえから　もって　いましたか。」
「大田小姐・（那個）皮包真漂亮呀！你之前就在用了嗎？」

大田「いえ、先週　かいました。」
「不是的，上星期買的。」

答え／ 2

● 解説

「この、その、あの、どの」是指示連體詞，「この」（這…）指離說話者近的事物，「その」（那…）指離聽話者近的事物，「あの」（那…）指說話者及聽話者範圍以外的事物，「どの」（哪…）表示事物的疑問和不確定。由於問的是「まえからもっていましたか」，所以大田小姐現在拿著包包的可能性很高。因為說話者指的是聽話者附近的物品，所以選項 2 最貼切。如果用「この」的話，對話場面比較像是中山先生手上正拿著大田小姐的包包，或正在摸她的包包。又，如果用「あの」，對話場面則比較可能是中山先生來到大田小姐的房間，指著放在房間裡的包包在說話。雖然這幾種情形也不是不可能，但可能性最高的情形還是「その」。

れい　私が好きなのはあの人です。
我喜歡的是那個人。

名詞に＋なります　　　　「變成…」。

しんごうが　青（に）　なりました。わたりましょう。
交通號誌變成綠燈了。我們過馬路吧！

答え／ 3

● 解説

考慮到「青」與「なりました」之間的關係，可以知道答案是 3「に」。以「名詞に＋なります」的形式，表示在無意識中，事態本身產生的自然變化，這種變化並不是人為有意圖性的；即使變化是人為造成的，如果重點不在「誰改變的」，也可以用這個文法。

れい　和田さんは英語の先生になりました。
和田小姐當上英文教師了。

2 ＿＿＿＿該填入什麼呢？請從１、２、３、４依正確順序排列。

①

A「いえには どんな ペットが いますか。」
B「犬と ねこが いますよ。」

A「你家裡養了哪些寵物呢？」
B「有狗和貓喔。」

答え／１→３→２→４

解説 用句型「〜に〜がいます」，表示某處存在有生命的人或動物。「ペット（寵物）」這個單字對 N5 而言或許有點難，但選項中出現「犬」、「ねこ」，可以推測跟動物有關。又，A 已提到某處是家裡，所以 B 不再重提「ペット」存在的場所，直接回答「〜がいますよ」，得出第三、四格合併後就是「ねこがいます」。表示事物的並列，會用「と」連接兩者，可以推出「犬」跟「ねこ」中間，應該要填入「と」。另外，關於 A 句的「には」，格助詞「に」後接「は」，有強調格助詞前項名詞的作用。

②

A「らいしゅう パーティーに 行きませんか。」
B「はい、行きたいです。」

A「下星期要不要去參加派對呢？」
B「好，我想去。」

答え／３→２→４→１

解説 動詞現在否定式敬體用「〜ません」，前接動詞「ます形」，知道第三、四格合併後就是「行きません」。又，表示動作移動的到達點，用格助詞「に」，所以剩下二格依序應該要填入「パーティー」、「に」。如此一來，整句話意思就符合邏輯了。

③

山田「田上さん、きょうだいは？」
田上「姉は いますが、妹は いません。」

山田「田上先生有兄弟姊妹嗎？」
田上「我雖然有姊姊，但是沒有妹妹。」

答え／３→１→２→４

解説 除了主語是選項 3、述語是選項 2，不會有其他可能了。雖然主語後面可能接「は」或「が」，但「います」的後面不可能接「は」，因此可以知道「は」會放在主語後面。這裡的「が」是逆接用法，表示連接兩個對立的事物，前句跟後句內容是相對立的，中文可翻譯成「但是」。

④

A「山田さんは まだ 来ないのですか。」
B「本当に 遅いですね。」

A「山田先生還沒來嗎？」
B「真的好慢喔！」

答え／４→２→１→３

解説 選項中，可能作述語的只有選項 1。如此一來，選項 2 應該會跟 4 結合，就是形容動詞的連用形。選項 3 的「ね」是終助詞，要放在句尾。表示輕微的感嘆，或話中帶有徵求對方認同的語氣。基本上使用在說話人認為對方也知道的事物，也表示跟對方做確認的語氣。

1　來看看「家族稱呼」的單字吧。

①	おじいさん／爺爺	⑦	弟（おとうと）／弟弟
②	おばあさん／奶奶	⑧	妹（いもうと）／妹妹
③	お父（とう）さん／父親	⑨	おじさん／伯父；叔叔
④	お母（かあ）さん／母親	⑩	おばさん／姑姑
⑤	お兄（にい）さん／哥哥	⑪	わたし／我
⑥	お姉（ねえ）さん／姊姊		

おじいさん／爺爺；外公
＊也可用於一般的男性長者。

おばあさん／奶奶；外婆
＊也可用於一般的女性長者。

おじさん／伯父；叔叔
＊也可用於稱呼「舅舅；姑丈；姨丈」，或是中年的男性長輩。

おばさん／姑姑
＊也可用於稱呼「阿姨；嬸嬸；舅媽」，或是中年的女性長輩。

2　來看看其他相關單字吧。

| 両親（りょうしん）／父母 | きょうだい／兄弟姊妹 | ご主人（しゅじん）／您的先生 | 奥（おく）さん／尊夫人 |

3

單字練習 Vocabulary

CHECK

1

2

3

1　＿＿の　ことばは　どう　かきますか。1・2・3・4から　いちばん　いい　ものを
ひとつ　えらんで　ください。

❶　<u>あねは</u>　とても　かわいい　人です。

① 姉 　　② 兄 　　③ 弟 　　④ 妹

❷　わたくしは　田中<ruby>た<rt>た</rt></ruby>と　<u>もうします</u>。

❶　申します
❷　甲します
❸　田します
❹　思します

❸　あなたの　きょうだいは　<u>何人</u>ですか。

① なににん　　② なんにん　　③ なんめい　　④ いくら

2　（　）に　なにを　いれますか。1・2・3・4から　いちばん　いい　ものを　ひとつ　えらんで　ください。

❶　かれは　友だちを　とても　（　　　）　して　います。

❶
たいせつに

❷
しずかに

❸
にぎやかに

❹
ゆうめいに

❷　また　（　　　）の　にちようびに　あいましょう。

❶　らいねん
❷　きょねん
❸　きのう
❹　らいしゅう

3　＿＿の　ぶんと　だいたい　おなじ　いみの　ぶんが　あります。1・2・3・4から　いちばん　いい　ものを　ひとつ　えらんで　ください。

❶　みどりさんの　おばさんは　あの　ひとです。

❶　みどりさんの　おかあさんの　おかあさんは　あの　ひとです。
❷　みどりさんの　おとうさんの　おとうさんは　あの　ひとです。
❸　みどりさんの　おかあさんの　おとうとは　あの　ひとです。
❹　みどりさんの　おかあさんの　いもうとは　あの　ひとです。

1 ＿＿＿上的詞彙該如何書寫呢？請從 1、2、3、4 中，選出一項最適當的答案。

3

單字練習 Vocabulary

CHECK

1 2 3

①
姉は とても かわいい 人です。

我姊姊是個非常可愛的人。

答え／1

解說 「あね」是漢字「姉」的訓讀，表示「姊姊」的意思。請特別留意，別跟中文的「姊」字搞混囉。

②
わたくしは 田中と 申します。

敝姓田中。

答え／1

解說 「もうす」是動詞「申す」的訓讀。答題時請看清楚，其他選項可能出現「甲」、「由」等相似漢字，來混淆視聽。

③
あなたの きょうだいは 何人ですか。

請問你有幾個兄弟姊妹呢？

答え／2

解說 「何」訓讀是「なに」或「なん」，通常表示「多少」時，讀作「なん」（表示「什麼」時，則較常讀作「なに」）。「人」用在表示「人數」時，用音讀讀作「にん」；「人」字另一個音讀讀作「じん」，而訓讀讀作「ひと」。

メモ

2 （　　）該填入什麼呢？請從 1、 2、 3、 4 中，選出一項最適當的答案。

①

かれは　友^{とも}だちを　とても　たいせつに　して
います。

1　たいせつに
2　しずかに
3　にぎやかに
4　ゆうめいに

他非常珍惜朋友。

1　珍惜
2　安靜
3　熱鬧
4　有名

答え／1

解說　「たいせつにする」是慣用語，表示「珍惜、愛護」的意思。請一起背下來。因此，由「友だち」可以知道答案是 1「たいせつに」。其他選項，在語意上都不合邏輯。

②

また　らいしゅうの　にちようびに　あいましょ
う。

1　らいねん
2　きょねん
3　きのう
4　らいしゅう

我們下週的星期天再次見面吧。

1　明年
2　去年
3　昨天
4　下週

答え／4

解說　由「また」（再次）、「あいましょう」（見面吧）可以知道題目句在說未來的事，由「にちようび」可以對應到答案是「らいしゅう」（下週）。

3 有和＿＿＿＿上的句子意思大致相同的句子。請從 1、 2、 3、 4 中，選出一項最適當的答案。

①

みどりさんの　おばさんは　あの　ひとです。

1　みどりさんの　おかあさんの　おかあさんは
　　あの　ひとです。
2　みどりさんの　おとうさんの　おとうさんは
　　あの　ひとです。
3　みどりさんの　おかあさんの　おとうとは
　　あの　ひとです。
4　みどりさんの　おかあさんの　いもうとは
　　あの　ひとです。

小綠小姐的阿姨是那一位。

1　小綠小姐的媽媽的媽媽是那一位。
2　小綠小姐的爸爸的爸爸是那一位。
3　小綠小姐的媽媽的弟弟是那一位。
4　小綠小姐的媽媽的妹妹是那一位。

答え／4

解說　這一題的「おばさん」（阿姨）是解題關鍵，可以對應到答案句的「おかあさんのいもうと」（媽媽的妹妹）。請小心別把「おばさん」看成「おばあさん（奶奶；外婆）」囉。

3

讀解練習 Reading

CHECK

● 1
● 2
● 3

つぎの　1と　2の　ぶんしょうを　読んで、しつもんに　こたえて　ください。こたえは、1・2・3・4から　いちばん　いい　ものを　一つ　えらんで　ください。

1　ゆきこさんの　つくえの　上に、田中さんからの　メモが　あります。

ゆきこさん

母が　かぜを　ひいて、しごとを　休んで　いるので、明日は　パーティーに　行く　ことが　できなく　なりました。わたしは、今日、7時には　家に　帰るので、電話を　して　ください。

田中

Ｑ　ゆきこさんは、5時に　家に　帰りました。何を　しますか。

① 田中さんからの　電話を　まちます。
② 7時すぎに　田中さんに　電話を　します。
③ すぐ　田中さんに　電話を　します。
④ 7時ごろに　田中さんの　家に　行きます。

 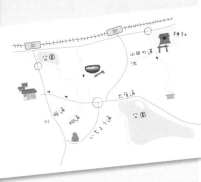 

2

　わたしの　友だちの　アリさんは　3月に　東京の　大学を　出て、大阪の　会社に　つとめます。

　アリさんは、3年前　わたしが　日本に　来た　とき、いろいろと　教えて　くれた　友だちで、今まで　同じ　アパートに　住んで　いました。アリさんが　もう　すぐ　いなく　なるので、わたしは　とても　さびしいです。

　アリさんが、「大阪は　あまり　知らないので、困って　います。」と　言って　いたので、わたしは　近くの　本屋さんで　大阪の　地図を　買って、それを　アリさんに　プレゼントしました。

Q (1)　友だちは　どんな　人ですか。

① 大阪の　同じ　会社に　つとめて　いた　人

② 同じ　大学で　いっしょに　べんきょうした　人

③ 日本の　ことを　教えて　くれた　人

④ 東京の　本屋さんに　つとめて　いる　人

(2)　「わたし」は　アリさんに、何を　プレゼントしましたか。

① 本を　プレゼントしました。

② 大阪の　地図を　プレゼントしました。

③ 日本の　地図を　プレゼントしました。

④ 東京の　地図を　プレゼントしました。

請閱讀下列 1 跟 2 的文章，並回答問題。請從 1、2、3、4 中，選出一項最適當的答案。

3

讀解練習 Reading

CHECK

1
2
3

1　雪子小姐的桌上擺著 1 張田中先生寫給她的紙條。

> ## MEMO
>
> 雪子小姐
>
> 　由於家母染上風寒，請假在家休息，所以明天沒辦法去參加派對了。我今天會在 7 點前回到家，請電話給我。
>
> 　　　　　　　　　　　　　　　　田中

雪子小姐 5 點回到家裡。請問她會做什麼事呢？

① 等候田中先生打電話過來。
② 在 7 點多打電話給田中先生。
③ 馬上打電話給田中先生。
④ 7 點左右去田中先生家。

解說　　　　　　　　　　答え／ 2

由於「７時には家に帰るので、電話をしてください」，因此要等到七點再打電話。還有，「７時には」和「７時に（在七點）」不同，意思是「最遲也會在七點之前」。關於這個助詞「は」的用法，現在不太清楚沒關係，但希望往後可以逐漸明白它正確用法。

メモ

2

我的朋友亞里小姐 3 月從東京的大學畢業，到大阪的公司工作。

亞里小姐這位朋友在我 3 年前剛來日本的時候，教了我很多事情，我們一直住在同一棟公寓裡。亞里小姐很快就要離開了，我非常捨不得。

由於亞里小姐說過「我對大阪不太熟悉，所以正煩惱著。」因此我到附近的書店買了大阪的地圖，送給了亞里小姐。

⑴ 請問這位朋友和「我」有什麼樣關係呢？

① 在大阪的同一家公司工作的人　　　② 在同一所大學裡一起念書的人

③ 教了我關於日本事情的人　　　④ 在東京的書店裡工作的人

答え／3

> 整篇文章寫的是關於「わたしの友だちのアリさん」，而題目問的是她是「どんな人」，因此不能只挑出重點段落找答案，而必須將每一個選項逐一與文章內容做對照才行。正確答案是選項 3。這第二段裡「アリさんは～友だち」的部分幾乎是相同的意思。至於選項 1，從第一段可以知道，亞里小姐還沒去大阪，也還沒到公司上班。此外，從這裡也無法確定「わたし」是否曾經在大阪的公司裡工作，因此這個選項是錯的。還有，從這篇文章裡也看不出來「わたし」是否讀過大學，所以選項 2 也是錯的。由第一段可以知道，「友だち」現在在東京讀大學，因此選項 4 也是錯的。

⑵ 「我」送了什麼東西給亞里小姐呢？

① 送了書。　　　② 送了大阪的地圖。

③ 送了日本的地圖。　　　④ 送了東京的地圖。

答え／2

> 在最後一段裡提到，「わたしは～大阪の地図を買って、それをアリさんにプレゼントしました」，知道答案是 2。

1　內文出現的文法

〔動詞＋ています〕　習慣性

「動詞＋ています」跟表示頻率的「毎日（まいにち）、いつも、よく、時々（ときどき）」等單詞使用，就有習慣做同一動作的意思。

□　趙さんは、週に２回テニスをしています。
　　趙先生每星期打２次網球。

あまり～ない　不太…。

「あまり」下接否定的形式，表示程度不特別高，數量不特別多，如例（1）；在口語中常說成「あんまり」，如例（2）；若想表示全面否定可用「全然（ぜんぜん）～ない」，如例（3）是種否定意味較為強烈的用法。

1　今週はあまり時間がありません。
　　這星期沒什麼時間。
2　納豆はあんまり好きじゃないんです。
　　我不怎麼喜歡吃納豆。
3　全然食べていませんね。どうしましたか。
　　你什麼都沒吃呀，怎麼了嗎？

〔對象（物・場所）〕＋に　…到、對…、在…、給…。

「に」的前面接物品或場所，表示施加動作的對象，或是施加動作的場所、地點。

□　机にノートとペンを置きます。
　　在桌面擺上筆記本和筆。

2　接尾詞

～時／…點	～半／…半	～分・分／…分	～日・日／號；天	～月／…月
～か月／…個月	～年／…年	～側／…邊，…側		

1　はなしを　きいて、せんたくしの　1から4の　なかから、いちばん　いい　ものを　ひとつ
えらんで　ください。

① 　1 時間

② 　1 時間 30 分

③ 　2 時間

④ 　3 時間

2　えを　みながら　しつもんを　きいて　ください。➡（やじるし）の　ひとは、なんと　いい
ますか。1から3の　なかから、いちばん　いい　ものを　ひとつ　えらんで　ください。

(4-1)

おんな がくせい おとこ がくせい はな
女の学生と男の学生が話しています。
女學生和男學生正在交談。

F　　1日に何時間ぐらいゲームをやりますか。
にち なんじかん
你一天大約玩電動遊戲幾小時呢？

M　　朝、起きてから 30 分、朝ごはんを食べてから、学校に行
あさ お ぶん あさ た がっこう い
く前に 30 分。それから……
まえ ぶん
早上起床後 30 分鐘、吃完早飯後上學前再 30 鐘，還有……。

F　　学校では、ゲームはできませんよね。
がっこう
在學校不能玩電動遊戲吧？

M　　はい。だから、学校から帰って 30 分で宿題をやって、
がっこう かえ ぶん しゅくだい
夕飯まで、また、ゲームをやります。
ゆうはん
對，所以放學回家後寫功課 30 分鐘，然後在吃晚飯之前再玩一下。

F　　帰ってからも？どれぐらいですか。
かえ
放學回家後也會玩？大概玩多久呢？

M　　6 時半ごろ夕飯を食べるから、2 時間ぐらいです。
じ はん ゆうはん た じ かん
6 點半左右吃飯，所以大概 2 個小時。

おとこ がくせい にち なんじかん
男の学生は、1 日に何時間ぐらいゲームをやりますか。
請問這位男學生一天玩電動遊戲大約幾小時呢？

選項翻譯

1　1 個小時　　　2　1 個半小時　　　3　2 個小時　　　4　3 個小時

單　字

がくせい
学生／（大）學生
じかん
～時間／…小時
ゲーム／遊戲
あさ
朝／早上
お
起きる／起床
あさ
朝ごはん／早餐
た
食べる／吃
い
行く／去
それから／還有
できる／能，可以，會
だから／所以
かえ
帰る／回來，回去
ゆうはん
夕飯／晚飯

● 與「數字記算」相關的說法

おとこ こ にん 男の子は 7 人で、 おんな こ にん 女の子は 3 人です。 男孩子有 7 人，女孩子有 3 人。	ばん ばん 5 番から 7 番まで しゅくだい は、宿題にします。 從 5 號到 7 號當作習題。	こ ねだん 子どもの値段は おとな はんぶん 大人の半分です。 兒童的價格是成人的一半。	おんな 女のきょうだいは、 いもうと ひとり 妹が一人いるだけで す。 家裡的姊妹則只有一個妹妹。

答え／4

解說

「朝、起きてから」30 分鐘＋「学校に行く前に」30 分鐘＋「学校から帰って～夕飯まで」2 個小時，共計 3 小時。
考時間的題型，有時對話中，幾乎沒有直接說出考點的時間，必須經過判斷或加減乘除的計算。

家に帰りました。家族に何と言いますか。

回家了。請問這時該對家人說什麼呢？

F

(1) いま帰ります。

我現在要回來。

(2) 行ってきます。

我出門了。

(3) ただいま。

我回來了。

單 字

家／家

家族／家人

● 在家裡常說的寒暄語

いただきます。

開動了。

おはよう。

早安。

ごちそうさまでした。

吃飽了。

お休みなさい。

晚安。

解說

答え／3

回家時習慣說的是「ただいま」。正確答案是3。在日本上學或出門時，要對家人說：「いってきます」（我走啦）。
家裡的人對外出的人要說：「いっていらっしゃい」（您走啦）。吃飯時要說：「いただきます」（那就不客氣了）；
飯後要說：「ごちそうさまでした」（多謝款待）。這兩句都是用來感謝款待的人，或感謝做飯人的辛苦。

1　（　）に　何を　入れますか。1・2・3・4から　いちばん　いい　ものを　一つ
えらんで　ください。

Question 1

A「おきなわ　（　）　雪が　ふりますか。」

B「ふった　ことは　ありますが、あまりふりません。」

1　から　　　2　でも　　　3　へも　　　4　の

Question 2

先生「あなたは、きのう　なぜ　学校を　やすんだのですか。」

学生「おなかが　いたかった（　）です。」

1　から　　　　　　　2　より

3　など　　　　　　　4　まで

Question 3

A「ここから　学校まで　（　）　かかりますか。」

B「20分ぐらいです。」

1	2	3	4
何円	どうやって	いかが	どれくらい

Question 4

ねる　（　）　はを　みがきましょう。

1	2	3	4
まえから	まえに	のまえに	まえを

2 ◻︎に 何を 入れますか。1・2・3・4の 番号を ならべて ください。

1

A「スポーツでは なにが すきですか。」

B「野球も [⑴ すきですし ⑵ も ⑶ サッカー ⑷ すきです] よ。」

◻︎ ➡ ◻︎ ➡ ◻︎ ➡ ◻︎

2

[⑴ して ⑵ しゅくだい ⑶ を ⑷ から] あそびます。

◻︎ ➡ ◻︎ ➡ ◻︎ ➡ ◻︎

3 ◻1◻ から ◻3◻ に 何を 入れますか。ぶんしょうの いみを かんがえて、1・2・3・4から いちばん いい ものを 一つ えらんで ください。

> **Article**
>
> 日本で べんきょうして いる 学生が、「わたしの かぞく」に ついて ぶんしょうを 書いて、クラスの みんなの 前で 読みました。
>
> わたしの かぞくは、両親、わたし、妹の 4人です。父は 警官で、毎日 おそく ◻1◻ 仕事を して います。日曜日も あまり 家に ◻2◻。母は、料理が とても じょうずです。母が 作る グラタンは かぞく みんなが おいしいと 言います。国に 帰ったら、また 母の グラタンを ◻3◻です。

1			
¹ だけ	² て	³ まで	⁴ から

2			
¹ いません	² います	³ あります	⁴ ありません

3			
¹ 食べる	² 食べてほしい	³ 食べたい	⁴ 食べた

文法練習 Grammar

CHECK
1
2
3

4

1 （　　）該填入什麼呢？請從 1、2、3、4 中，選出一項最適當的答案。

～にも、からも、でも

A「おきなわ　（でも）　雪が　ふりますか。」
「請問沖繩（也會）下雪嗎？」

B「ふった　ことは　ありますが、あまりふりません。」
「雖然曾經下雪，但幾乎不下。」

答え／ 2

● 解說

文法「場所＋で」用於表示某事發生的場所。又，格助詞「に、から、で」後接「も」，表示不只是格助詞前面的名詞以外的人事物，所以這裡使用「も」暗示除了前項名詞之外還有別的。這裡的「場所＋でも」，是以「沖繩以外的地方會下雪」為前提，詢問「沖繩當地會不會下雪」。

れい　そのニュースは子どもでも知っています。
那條新聞連小孩子都知道。

～から（原因）　　　「因為…」。

先生「あなたは、きのう　なぜ　学校を　やすんだのですか。」
學生「（因為）我肚子痛。」

学生「おなかが　いたかった（から）です。」
老師「你昨天為什麼沒來上學呢？」

答え／ 1

● 解說

「～から」表示原因，一般用在說話人出於個人主觀理由，是種較強烈的意志性表達。因此，「から」前項的「おなかがいたかった」，是學生沒去上學理由。

れい　今日は暇だから、一日テレビを見ます。
今天很閒，所以一整天都要看電視節目。

どのぐらい、どれぐらい　　「多（久）…」。

A「ここから　学校まで　（どれくらい）　かかりますか。」
「從這裡到學校（大約）需要（多少）時間呢？」

B「20分ぐらいです。」
「20分鐘左右。」

答え／4

● 解説

「かかる」可以表示花費時間、金錢、勞力等的意思。選項中可以和「かかる」一起使用的有選項1和4。不過，從B的回答可以知道這題的話題是時間，所以4是正確答案。「どれくらい」也可換成「どれぐらい」。「どのぐらい、どれぐらい」會視句子的內容，翻譯成「多少、多少錢、多長、多遠」等。

れい （病院で）どのぐらい待ちますか。
（在醫院裡）請問大概要等多久呢？

動詞まえに　　「…之前，先…」。

ねる　（まえに）　はを　みがきましょう。
在睡覺（前）要刷牙喔！

答え／2

● 解説

「動詞まえに」表示動作的順序，也就是做前項動作之前，先做後項的動作。這時，「まえに」前面的動詞必須用「動詞辭書形」。

れい 冬が来る前にコートを買いたいです。
冬天來臨前想買件大衣。

2 ＿＿＿＿＿該填入什麼呢？請從 1、2、3、4 依正確順序排列。

> **1**
>
> A「スポーツでは　なにが　すきですか。」
> B「野球（やきゅう）も　すきですし　サッカーも　すきです
> よ。」

→ A「你喜歡哪種運動呢？」
B「我既喜歡棒球也喜歡足球喔。」

答え／1 → 3 → 2 → 4

解說　「です」用在句尾，表示對主題的斷定或說明，得出第四格是 4。又，用句型「～も～も」，表示同性質的東西並列或列舉，是「…也…」的意思。「サッカー」跟「野球」都屬於運動類，可以推出選項 2、3 正確語順是「サッカーも」。選項 1 的「～し～（既…又…）」，用在並列陳述性質相同的複數事物，對 N5 程度來說或許有點難，但就語意而言，出現「すき」的選項 1、4 不會連在一起，因此推出「サッカーも」會填在第二、三格。

> **2**
>
> しゅくだいを　してから　あそびます。

→ 先做功課以後再玩。

答え／2 → 3 → 1 → 4

解說　「做功課」日語用「しゅくだいをする」，這時的「しゅくだい」是目的語，是「する」動作所涉及的對象。又，以「動詞て形＋から」的形式，結合兩個句子，表示動作順序，強調先做前項再進行後項。因此，推出空格正確語順是「しゅくだいをしてから」。

3 1 到 3 的空格該填入什麼呢？請思考文章的意思，並從 1、2、3、4 依正確順序排列。

> 在日本留學的學生以〈我的家庭〉為題名寫了一篇文章，並且在班上同學的面前誦讀給大家聽。
>
> 我的家人包括父母、我、妹妹共四個人。我爸爸是警察，每天都工作到很晚，連星期天也不常在家裡。我媽媽的廚藝很好，媽媽做的焗烤料理全家人都說好吃。等我回國以後，想再吃一次媽媽做的焗烤料理。

1　答え／3

解說　由「おそく」和「仕事」來推測，以表示時間終點的「まで」最為適切。這個「おそく」是用形容詞「おそい」的連用形當作名詞來使用，如同從「近い」衍生出來的名詞「近く」一樣。

2　答え／1

解說　「あまり」的後面加否定，表示程度不高。此外，由於話題談到的是「父」，因此不可以用「ある」而應該用「いる」。所以答案是 1 的「いません」。

3　答え／3

解說　後面可以接「です」的只有選項 2 和 3 而已。由文脈來考量，這裡應該用表示想吃的心情的「動詞たい」才合適。如果是「食べてほしい」，表示希望別人吃，而不是自己吃，不合邏輯。

1 來看看與「居家」相關的單字吧。

預習　うち　　にわ
　　　プール　アパート
　　　いけ　　ドア
　　　もん　　と

① 家／家
② 庭／庭院
③ プール／游泳池
④ アパート／公寓
⑤ 池／人造池塘
⑥ ドア／門
⑦ 門／大門
⑧ 戸／拉門

2 來看看「內部空間」的單字吧。

▶ シャワー／淋浴　　▶ トイレ／廁所　　▶ 台所／廚房　　▶ 玄関／玄關

▶ 階段／樓梯　　▶ お手洗い／洗手間　　▶ 風呂／浴缸；洗澡

3 來看看「家電用品及傢具」的單字吧。

▶ ベッド／床　　▶ 電気／電力；電燈　　▶ 机／書桌　　▶ 椅子／椅子

▶ 時計／鐘錶　　▶ 本棚／書櫃　　▶ ラジカセ／收錄音機　　▶ 冷蔵庫／冰箱

▶ 花瓶／花瓶　　▶ テーブル／餐桌　　▶ テープレコーダー／卡帶錄音機　　▶ テレビ／電視

▶ ラジオ／收音機　　▶ 石けん／肥皂 　　▶ ストーブ／暖爐

1 ＿＿の ことばは どう かきますか。1・2・3・4から いちばん いい ものを ひとつ えらんで ください。

Question 1

池の なかで あかい さかなが およいで います。

1 いけ
2 うみ
3 かわ
4 みずうみ

Question 2

きょうも ぷうるで およぎました。

1 プール
2 プルー
3 プオル
4 ブール

Question 3

あなたの へやは とても 広いですね。

1	2	3	4
せまい	きれい	ひろい	たかい

2　（　）に　なにを　いれますか。1・2・3・4から　いちばん　いい　ものを　ひとつ　えらんで　ください。

Question 1

なつは　まいにち　シャワーを　（　　　）。

1 はいります　　2 かぶります　　3 あびます　　4 かけます

Question 2

そこで、くつを　（　　　）　なかに　はいって　ください。

1　はいて
2　すてて
3　かりて
4　ぬいで

3　＿＿の　ぶんと　だいたい　おなじ　いみの　ぶんが　あります。1・2・3・4から　いちばん　いい　ものを　ひとつ　えらんで　ください。

Question 1

トイレの　ばしょを　おしえて　ください。

1　せっけんの　ばしょを　おしえて　ください。
2　だいどころの　ばしょを　おしえて　ください。
3　おてあらいの　ばしょを　おしえて　ください。
4　しょくどうの　ばしょを　おしえて　ください。

1 ＿＿＿上的詞彙該如何書寫呢？請從 1 、 2 、 3 、 4 中，選出一項最適當的答案。

1

池の　なかで　あかい　さかなが　およいで　います。

➡ 池塘裡有紅色的魚正在游水。

答え／1

解説 「池」當一個單字時用訓讀，唸作「いけ」。音讀唸作「ち」，如「電池／でんち（電池）」。
請留意「池」的寫法，跟中文的「池」略有不同。

2

きょうも　プールで　およぎました。

➡ 我今天也在游泳池裡游了泳。

答え／1

解説 「ぷ」母音是「u」，後接「う（u）」，必須讀作長音。請留意，長音的片假名表記橫寫是「ー」，
直寫是「｜」，以及半濁音記號是在右上角打圈，而不是點點。

3

あなたの　へやは　とても　広いですね。

➡ 你的房間真寬敞啊。

答え／3

解説 像形容詞等有語尾活用變化的字，唸法通常是訓讀，「広い」讀作「ひろい」。

メモ

2 （　）該填入什麼呢？請從 1 、 2 、 3 、 4 中，選出一項最適當的答案。

なつは　まいにち　シャワーを　あびます。
1　はいります
2　かぶります
3　あびます
4　かけます

➡ 夏天每天都要淋浴。
1　泡
2　戴
3　淋
4　吊掛

答え／3

「シャワーをあびる」是「淋浴」的意思，請整組背下來。因此，由「シャワー」可以知道答案是「あびます」。

そこで、くつを　ぬいで　なかに　はいって　ください。
1　はいて
2　すてて
3　かりて
4　ぬいで

➡ 請在那邊把鞋子脫掉，進來裡面。
1　穿上
2　丟掉
3　借
4　脫掉

答え／4

由插圖以及後項的「なかにはいってください」，知道進入前得脫鞋，所以答案是「ぬいで」。
另外，「穿鞋」的動詞是用「はく」。

3 有和＿＿＿上的句子意思大致相同的句子。請從 1 、 2 、 3 、 4 中，選出一項最適當的答案。

トイレの　ばしょを　おしえて　ください。
1　せっけんの　ばしょを　おしえて　ください。
2　だいどころの　ばしょを　おしえて　ください。
3　おてあらいの　ばしょを　おしえて　ください。
4　しょくどうの　ばしょを　おしえて　ください。

➡ 請告訴我廁所的位置。
1　請告訴我放肥皂的位置。
2　請告訴我廚房的位置。
3　請告訴我洗手間的位置。
4　請告訴我餐廳的位置。

答え／3

這一題的解題關鍵字是「トイレ」，同義字是選項 3 的「おてあらい」。

1　つぎの　ぶんしょうを　読んで、しつもんに　こたえて　ください。こたえは、1・2・3・4から　いちばん　いい　ものを　一つ　えらんで　ください。

　　わたしの　かぞくは、まるい　テーブルで　食事を　します。父は、大きな　いすに　すわり、父の　右側に　わたし、左側に　弟が　すわります。父の　前には、母が　すわり、みんなで　楽しく　話しながら　食事を　します。

Q　「わたし」の　かぞくは　どれですか。

2 「お知らせ」を 見て、下の しつもんに こたえて ください。こたえは、1・2・3・4から いちばん いい ものを 一つ えらんで ください。

吉田さんが 午後6時に 家に 帰ると、下の お知らせが とどいて いました。

お 知 ら せ

やまねこたくはいびん

吉田様

6月12日午後3時に 荷物を とどけに きましたが、だれも いませんでした。また とどけに 来ますので、下の 電話番号に 電話をして、とどけて ほしい 日と 時間の 番号を、おして ください。

電話番号0120—○××—△××

○とどけて ほしい 日
番号を 4つ おします。
れい 3月15日 ⇒ 0315

○とどけて ほしい 時間
下から えらんで、その 番号を おして ください。
【1】午前中
【2】午後1時～3時
【3】午後3時～6時
【4】午後6時～9時

れい 3月15日の 午後3時から 6時までに とどけて ほしい とき。
⇒ 03153

Q あしたの 午後6時すぎに 荷物を とどけて ほしい ときは、0120—○××—△×× に 電話を して、何ばんの 番号を おしますか。

❶ 06124 　　❷ 06123

❸ 06133 　　❹ 06134

1　請閱讀下列文章，並回答問題。請從 1 、 2 、 3 、 4 中，選出一項最適當的答案。

　　我的家人圍著圓桌吃飯。我爸爸坐在大椅子上，坐在爸爸右邊的是我，左邊是我弟弟。媽媽坐在爸爸的前面。全家人和樂融融地一邊交談一邊吃飯。

「我」的家人是哪一張圖片呢？

答え／3

　　這裡要用刪去法解題。首先，由於是「まるいテーブル」，因此選項 1 和 4 不對。而「父は大きないすにすわり」，選項 2 和 3 都符合。接著，「父の右側にわたし、左側に弟がすわります」，因此媽媽坐在爸爸右邊的選項 2 被剔除，如此一來，正確答案就是選項 3 了。這裡要注意的是，左右邊的描述方式，並不是依照看著圖畫的讀者視線而定，而是由圍坐在桌前的人們的角度來敘述的。因此，可能要花一些時間來思考，不過選項 2 裡出現一個可能是「わたし」的人物坐在「父」的對面，這是一條很好的線索。還有，再接著看文章的後續描述，「父の前には、母がすわり」也和選項 3 的圖吻合。

2　請閱讀「通知單」，並下列回答問題。請從 1、2、3、4 中，選出一項最適當的答案。

　　吉田先生在下午 6 點回到家後，收到了如下的通知。

通知單

山貓宅配

吉田先生

我們於 6 月 12 日下午 3 點送貨至府上，但是無人在家。
我們會再次配送，請撥打下列電話，告知您希望配送的
日期與時間的代號。

電話號碼 0 1 2 0 － ○×× － △××

○首先是您希望配送的日期
　請按下 4 個號碼。
　例如　3 月 15 日→ 0 3 1 5

○接著是您希望配送的時間
　請由下方時段選擇一項，按下代號。
　【 1 】上午
　【 2 】下午 1 點～ 3 點
　【 3 】下午 3 點～ 6 點
　【 4 】下午 6 點～ 9 點
　例如　您希望在 3 月 15 日的下午 3 點至 6 點配送到貨：
　→ 0 3 1 5 3

如果吉田先生希望在明天下午 6 點多左右收到包裹的話，應該要撥電話到 0 1 2 0 －○×× －△×× ，接著再
按什麼號碼呢？

❶ 0 6 1 2 4　　　❷ 0 6 1 2 3　　　❸ 0 6 1 3 3　　　❹ 0 6 1 3 4

答え／ 4

 根據「お知らせ」，今天是 6 月 12 日。希望送達的日子是明天，因此首先按下希望送
　　　　　　達日期的「0613」。緊接著，希望送達的時間是下午 6 點以後，因此再按下「4」。

1　內文出現的文法

形容詞く＋動詞

形容詞詞尾「い」改成「く」，可以修飾句子裡的動詞。

☐ みんなで楽しく歌いましょう。

我們大家一起開心地唱歌吧！

自動詞＋ています　…著、已…了。

表示跟目的、意圖無關的某個動作結果或狀態，還持續到現在。相較於「他動詞＋てあります」強調人為有意圖做某動作，其結果或狀態持續著，「自動詞＋ています」強調自然、非人為的動作，所產生的結果或狀態持續著。

☐ 私の好きな人は、結婚しています。

我喜歡的人結婚了。

2　相關單字

形容詞

危ない／危險	痛い／疼痛	かわいい／可愛	楽しい／快樂
ない／沒有	早い／（時間）早	丸い・円い／圓形	
安い／便宜	若い／年輕		

時段、時間

おととい／前天	昨日／昨日	今日／今天	今／現在	明日／明天
あさって／後天	毎日／每天	朝／早上	今朝／今天早上	毎朝／每天早上
昼／中午；白天	午前／上午	午後／下午	夕方／傍晚	晩／晚上
夜／晚上	ゆうべ／昨夜	今晩／今天晚上	毎晩／每天晚上	後／以後；後面
初め（に）／開始，起頭	時間／時間	～時間／…小時	いつ／什麼時候	

交通．位置篇

1 はなしを きいて、せんたくしの 1から4の なかから、いちばん いい ものを ひとつ
えらんで ください。

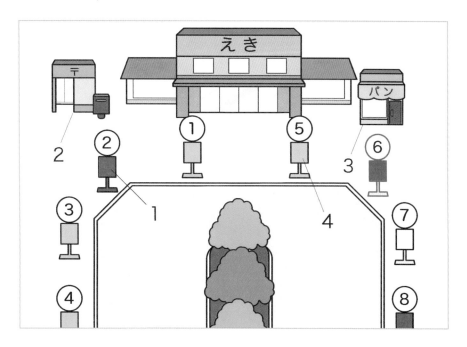

2 えを みながら しつもんを きいて ください。➡（やじるし）の ひとは、なんと いい
ますか。1から3の なかから、いちばん いい ものを ひとつ えらんで ください。

5

聽力測驗 Listening

CHECK

1

2

3

駅_{えき}で、男_{おとこ}の人_{ひと}が女_{おんな}の人_{ひと}に電話_{でんわ}をかけています。

車站裡，男士正在打電話給女士。

M　　今_{いま}、駅_{えき}に着_つきました。

我剛剛到車站了。

F　　わかりました。では、5番_{ばん}のバスに乗_のって、あおぞら郵便_{ゆうびん}局_{きょく}というところで降_おりてください。15分_{ふん}ぐらいです。

好的。那麼，現在去搭 5 號巴士，請在一個叫作青空郵局的地方下車。大概要搭 15 分鐘。

M　　2番_{ばん}のバスですね。郵便局_{ゆうびんきょく}の前_{まえ}の……。

2 號巴士對吧？是在郵局前面……。

F　　いいえ、5番_{ばん}ですよ。郵便局_{ゆうびんきょく}は降_おりるところです。

不對，是 5 號喔！郵局是下車的地方。

M　　ああ、そうでした。わかりました。駅_{えき}の近_{ちか}くにパン屋_やがあるので、おいしいパンを買_かっていきますね。

喔喔，對吼，我知道了。車站附近有麵包店，我會買好吃的麵包帶過去的。

F　　ありがとうございます。では、郵便局_{ゆうびんきょく}の前_{まえ}で待_まっています。

謝謝你。那麼，我會在郵局門口等你。

男_{おとこ}の人_{ひと}は、初_{はじ}めにどこに行_いきますか。

請問這位男士會先到哪裡呢？

● 與「在哪裡」相關的說法

➡ 女_{おんな}の人_{ひと}は、今_{いま}、どこにいますか。

請問女士現在在哪裡呢？

➡ 車_{くるま}のかぎは玄関_{げんかん}にありました。

車鑰匙放在玄關了。

➡ 男_{おとこ}の人_{ひと}は、次_{つぎ}にどこを掃除_{そうじ}しますか。

請問男士接下來要打掃哪裡呢？

➡ そこの階段_{かいだん}で2階_{かい}に上_あがって、すぐ左側_{ひだりがわ}です。

從那道樓梯上 2 樓，就在左手邊。

答え／3

解說

這是道題看起來像是測試位置的試題，但其實是考動作的順序。首先快速瀏覽這張圖，圖中拉出線條 1 到 4 的數字，就是選項了。男士現在在的地方是車站。接著要從車站前的五號公車站牌搭公車，在一個叫做青空郵局的公車站下車，和女士見面。不過，因為提到「駅の近くにパン屋があるので、おいしいパンを買っていきますね」，所以在搭公車之前會先去麵包店。

5-2

M　　あなたは、何で学校に行きますか。
　　　請問你是用什麼交通方式到學校的呢？

F　　(1)　とても遠いです。
　　　　　　非常遠。

　　　(2)　地下鉄です。
　　　　　　地下鐵。

　　　(3)　友だちといっしょに行きます。
　　　　　　和朋友一起去。

● 與「怎麼做」相關的說法

そこのエレベーターで4階までどうぞ。
請搭那部電梯到4樓。

大丈夫です。自分でやります。
沒關係，我自己做。

毎日、家から学校まで歩いて行きます。
每天從家裡走路上學。

初めは4、次に3、それから1を押します。
先是4，然後3，接著再按1。

單字

あなた／你

とても／非常

地下鉄／地下鐵

いっしょ／一起

5

聽力測驗 Listening

CHECK
1
2
3

答え／2

解説

日語漢字「何」在詢問使用什麼工具時，可以讀成「なにで」，也可以讀成「なんで」。不過，「なんで」也有詢問理由的意思，所以很可能讓對方誤以為問的是「理由」。因此用「なにで」來詢問較能清楚傳達問句的意涵。還有，「なにで」的語感也較為正式。這題以回答交通工具的選項2為正確答案。

5

文法練習
Grammar

CHECK
1
2
3

1　（　）に　何を　入れますか。1・2・3・4から　いちばん　いい　ものを　一つ
えらんで　ください。

❶　もんの　まえ（　）　かわいい　犬が　います。

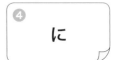

❷　A「これは　（　）　国の　ちずですか。」
　　B「オーストラリアです。」

① だれの
② どこの
③ いつの
④ 何の

❸　テレビ（　）　ニュースを　見ます。

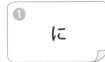
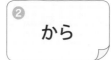

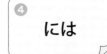

❹　これは　ぎゅうにゅうと　たまごと　さとうで（　）　おかしです。

① 作ります
② 作って
③ 作る
④ 作った

2 ◻︎ に 何を 入れますか。1・2・3・4の 番号を ならべて ください。

① （デパートで）
客「ハンカチの ［ (1) は (2) みせ (3) です (4) なんがい ］ か。」
店の人「2かいです。」

◻︎ ➜ ◻︎ ➜ ◻︎ ➜ ◻︎

② （本屋で）
山田「りょこうの 本は どこに ありますか。」
店員「［ (1) 2ばんめに (2) 上から (3) むこうの (4) 本だなの ］ あります。」

◻︎ ➜ ◻︎ ➜ ◻︎ ➜ ◻︎

③ A「この とけいの じかんは ただしいですか。」
B「いいえ、［ (1) います (2) ぐらい (3) おくれて (4) 3分 ］ 。」

◻︎ ➜ ◻︎ ➜ ◻︎ ➜ ◻︎

3 ◻1◻ と ◻2◻ に 何を 入れますか。ぶんしょうの いみを かんがえて、1・2・3・4から いちばん いい ものを 一つ えらんで ください。

6さいの とき、わたしは 父に 自転車の 乗り方を ◻1◻ 。わたしが 小さな 自転車の いすに すわると、父は 自転車の うしろを もって、自転車 ◻2◻ いっしょに 走ります。そうして、何回も 何回も 練習しました。

① 1 おしえました 　　　2 しました
3 なれました 　　　　4 ならいました

② 1 と 　　　2 に 　　　3 を 　　　4 は

1 （　　　）該填入什麼呢？請從１、２、３、４中，選出一項最適當的答案。

〔場所〕＋に

もんの　まえ（に）　かわいい　犬が　います。
門的前面有一隻可愛的狗。

答え／４

● 解說

這一題的考點在有生命物體的存在句型「場所＋に＋有生命物體＋が＋います」。「に」表示存在的場所，後面會接表示存在的動詞「います（用在有生命物體的動物）」或「あります（用在無生命物體跟植物）」。由於後面有「〜がいます」，所以不能使用「場所＋で」。

れい　交差点におまわりさんがいます。
交差路口有一位警察。

ここ、そこ、あそこ、どこ

A「これは　（どこの）　国の　ちずですか。」
「這是（哪個）國家的地圖呢？」

B「オーストラリアです。」
「澳洲的。」

答え／２

● 解說

「ここ、そこ、あそこ、どこ」是場所指示代名詞。「指示詞＋の＋名詞」表示用前項指示詞修飾後項名詞，後項是屬於前項的，意思是「…的…」。句型「名詞１＋の＋名詞２」，名詞１是國家名，名詞２是產品或人事物時，表示某產品是某國家製造的，某人事物是屬於某國家的。如果要用疑問句的話，名詞１就要用疑問詞「どこ」。答案是２。

れい　ここからあそこまで走りませんか。
要不要一起從這裡跑到那邊去呢？

〔方法・手段〕＋で

「用…」；「乘坐…」。

テレビ（で）　ニュースを　見_みます。

在電視上收看新聞。

答え／ 3

● 解說

格助詞「で」可以表示動作的方法、手段。由「テレビ」與「ニュース」的關係，可以解出答案。

れい　中国語_{ちゅうごくご}で話_{はな}してくださいませんか。

您可以用中文說嗎？

動詞＋名詞

「…的…」。

これは　ぎゅうにゅうと　たまごと　さとうで（作_{つく}った）　おかしです。

這是用牛奶、雞蛋跟糖所作的糕點。

答え／ 4

● 解說

動詞的普通形，可以直接修飾名詞。這一題考的是文法「動詞＋名詞」。所有動詞普通形都可當作連體修飾語使用，由原句「これは～おかしです」可以知道眼前的「おかし」是已經做好的，所以選項4的「作った」是正確答案。

れい　食_たべなかったケーキを冷蔵庫_{れいぞうこ}に入_いれます。

把沒吃的蛋糕收進冰箱裡。

2 ＿＿＿該填入什麼呢？請從 1、2、3、4 依正確順序排列。

1

（デパートで）
客「ハンカチの　みせは　なんがいですか。」
店の人「2かいです。」

→ （在百貨公司裡）
顧客「請問賣手帕的店在幾樓呢？」
員工「在2樓。」

答え／2 → 1 → 4 → 3

> 由「店の人」的回答，知道「客」在問某事物的樓層位置，表示「…在幾樓？」用「～はなんがいですか」的句型。

2

（本屋で）
山田「りょこうの　本は　どこに　ありますか。」
店員「むこうの　本だなの　上から　2ばんめに
　　　あります。」

→ （在書店裡）
山田「請問旅遊類的書在哪裡呢？」
店員「在那邊的書架從上面往下數第2層。」

答え／3 → 4 → 2 → 1

> 用句型「～は～にあります」，表示某物存在於某處。這一題已提到某物是「りょこうの本」，所以店員可以省略掉開頭的「りょこうの本は」，直接回答「～にあります」，得出第四格是 1。又，表示物品放置於櫃、架的某一層，可以用「方位＋から＋數字＋ばんめ（從…數第…）」，所以第三、四格合併後就是「上から2ばんめに」。選項3、4 則說明旅遊書在什麼的「上から2ばんめ」。

3

A「この　とけいの　じかんは　ただしいですか。」
B「いいえ、3分ぐらい　おくれて　います。」

→ A「請問這個時鐘顯示的時間是正確的嗎？」
B「不是的，大概慢了3分鐘。」

答え／4 → 2 → 3 → 1

> 句型「動詞＋ています」，可以表示結果或狀態的持續，所以本題表示「おくれて」這個狀態仍持續到說話的當時。又，「ぐらい／くらい」接於時間後面，表示對某段時間長度的推測、估計，是「大概」的意思。因此，推出空格正確語順是「3分ぐらいおくれています」。

3 1 到 2 的空格該填入什麼呢？請思考文章的意思，並從 1、2、3、4 依正確順序排列。

6歲的時候，我向爸爸學了騎腳踏車的方法。我坐在小自行車的座椅上，爸爸抓著自行車的後方，推著自行車一起奔跑。我們就這樣練習了很多很多次。

1

→ 1 教了 　　　 2 做了
　 3 習慣了 　　 4 學了 　　　答え／4

> 可以接在「乗り方を」後面使用的是選項1或4。由整句的意思來看，就能鎖定是選項4了。

2

答え／1

> 由「いっしょに」和前面「自転車」的關係來考慮，可以知道空格應該要填入「と」。

1 　來看看與「交通」相關的單字吧。

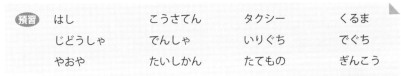

預習			
はし	こうさてん	タクシー	くるま
じどうしゃ	でんしゃ	いりぐち	でぐち
やおや	たいしかん	たてもの	ぎんこう

(1) **馬路**
① 橋／橋 (はし)
② 交差点／交叉路口 (こうさてん)
③ タクシー／計程車
④ 車／汽車 (くるま)
⑤ 自動車／汽車 (じどうしゃ)
⑥ 電車／電車 (でんしゃ)

(2) **建築物**
⑦ 入り口／入口 (いりぐち)
⑧ 出口／出口 (でぐち)
⑨ 八百屋／蔬果店 (やおや)
⑩ 大使館／大使館 (たいしかん)
⑪ 建物／建築物 (たてもの)
⑫ 銀行／銀行 (ぎんこう)

(3) **方向、位置**
⑬ 東／東邊 (ひがし)
⑭ 西／西邊 (にし)
⑮ 南／南邊 (みなみ)
⑯ 北／北邊 (きた)
⑰ 上／上面 (うえ)
⑱ 下／下面 (した)
⑲ 左／左邊 (ひだり)
⑳ 右／右邊 (みぎ)
㉑ 外／外面 (そと)
㉒ 中／裡面 (なか)
㉓ 前／前面 (まえ)
㉔ 後ろ／後面 (うし)
㉕ 向こう／對面；另一側 (む)

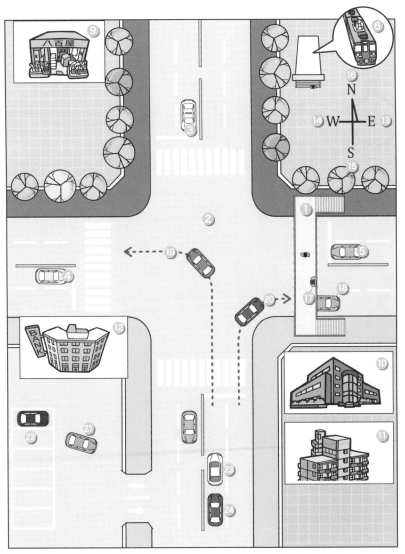

2 　來看看其他單字。

① 飛行機／飛機 (ひこうき)

① 自転車／腳踏車 (じてんしゃ)

① 町／街區 (まち)

① エレベーター／電梯

1 　　　の　ことばは　どう　かきますか。1・2・3・4から　いちばん　いい　ものを
ひとつ　えらんで　ください。

1 わたしは　<u>自転車</u>で　だいがくに　いきます。

① じどうしゃ
② じてんしゃ
③ じてんしや
④ じでんしゃ

2 ネクタイの　みせの　まえに　<u>えれべーたー</u>が　あります。

① エルベーター
② えれベーター
③ エレベター
④ エレベーター

3 にほんでは、ひとは　<u>道</u>の　みぎがわを　あるきます。

| ① まち | ② どうろ | ③ せん | ④ みち |

2　（　）に　なにを　いれますか。1・2・3・4から　いちばん　いい　ものを　ひとつ　えらんで　ください。

①　まいあさ　（　　　）に　のって　だいがくに　いきます。

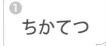 ① ちかてつ　　 ② テーブル　　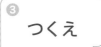 ③ つくえ　　 ④ ひこうき

②　もんの　（　　　）で　子どもたちが　あそんで　います。

① まえ
② うえ
③ した
④ どこ

3　＿＿の　ぶんと　だいたい　おなじ　いみの　ぶんが　あります。1・2・3・4から　いちばん　いい　ものを　ひとつ　えらんで　ください。

①　しろい　ドアが　いりぐちです。そこから　はいって　ください。

① いりぐちには　しろい　ドアが　あります。
② しろい　ドアから　はいると　そこが　いりぐちです。
③ しろい　ドアから　はいって　ください。
④ いりぐちの　しろい　ドアから　でて　ください。

5

單字練習 Vocabulary

CHECK

1

2

3

1 ＿＿＿上的詞彙該如何書寫呢？請從 1 、 2 、 3 、 4 中，選出一項最適當的答案。

1

わたしは　自転車で　だいがくに　いきます。
<ruby>自転車<rt>じ てん しゃ</rt></ruby>

➜ 我騎<u>自行車</u>上學。

答え／2

「自」、「転」、「車」合起來用音讀，唸作「じてんしゃ」。請注意「車」音讀是拗音「しゃ」，不是「しや」；另外，「車」當一個單字時用訓讀，唸作「くるま」。

2

ネクタイの　みせの　まえに　エレベーターが
あります。

➜ 領帶店的前面有<u>電梯</u>。

答え／4

留意長音的片假名表記「ー」及位置。還得小心別把片假名「レ」跟平假名「し」，或「エ」跟「ニ」搞混了。

3

にほんでは、ひとは　道の　みぎがわを　あるき
ます。
<ruby>道<rt>みち</rt></ruby>

➜ 在日本，行人靠<u>道路</u>的右邊行走。

答え／4

「道」當一個單字時用訓讀，唸作「みち」。音讀唸作「どう」，如「北海道／ほっかいどう（北海道）」。

メモ

2 （ ）該填入什麼呢？請從 1、2、3、4 中，選出一項最適當的答案。

まいあさ ちかてつに のって だいがくに い
きます。
1 ちかてつ
2 テーブル
3 つくえ
4 ひこうき

→ 每天早上搭乘地下鐵去大學。
1 地下鐵
2 桌子
3 書桌
4 飛機

答え／1

日語中，表示「搭乘（車、船、飛機等）」會用「交通工具＋に＋のる」。由後項「だいがく
にいきます」，推出前項是搭乘某樣交通工具，因此空格應該要填入「ちかてつ」。

もんの まえで 子どもたちが あそんで います。
1 まえ
2 うえ
3 した
4 どこ

→ 孩子們正在門前玩耍。
1 前
2 上
3 下
4 哪裡

答え／1

用「場所＋で」句型，前項是後項動作進行的場所。插圖中，孩子們在門前玩耍，因此答案是
「まえ」。

3 有和____上的句子意思大致相同的句子。請從 1、2、3、4 中，選出一項最適當的答案。

しろい ドアが いりぐちです。そこから はいって くだ
さい。
1 いりぐちには しろい ドアが あります。
2 しろい ドアから はいると そこが いりぐちです。
3 しろい ドアから はいって ください。
4 いりぐちの しろい ドアから でて ください。

→ 白色的門就是入口。請從那裡進來。
1 入口處有一道門。
2 如果從白色的門進來，那裡就有入口。
3 請從白色的門進來。
4 請從入口處那道白色的門出去。

答え／3

這一題句子比較長，但解題關鍵是「そこ」的用法。「そこ」中文可以翻成「那裡」，是場所
指示代名詞，在這裡指前項的「しろいドア」。

1 つぎの ぶんしょうを 読んで、しつもんに こたえて ください。こたえは、1・2・3・4から いちばん いい ものを 一つ えらんで ください。

わたしの いえは、えきの まえの ひろい 道を まっすぐに 歩いて、花やの かどを みぎに まがった ところに あります。花やから 4けん先の 白い たてものです。

Q 「わたし」の いえは どれですか。

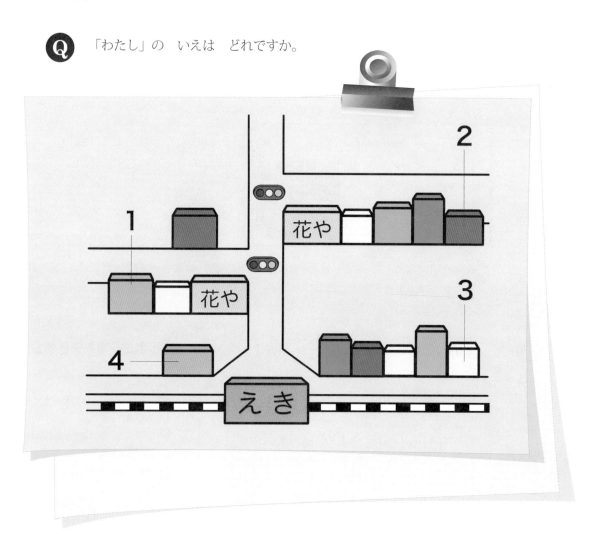

2　「川越から東京までの時間とお金」を　見て、下の　しつもんに　こたえて　ください。こ
たえは、1・2・3・4から　いちばん　いい　ものを　一つ　えらんで　ください。

　ヤンさんは、川越と　いう　駅から　東京駅まで　電車で　行きます。行き方を
調べたら、四つの　行き方が　ありました。*乗りかえの　回数が　少なく、また、か
かる　時間も　短いのは、①〜④の　うちの　どれですか。

*乗りかえ：電車やバスなどをおりて、ほかの電車やバスなどに乗ること。

Q ❶ ①　　　　❷ ②　　　　❸ ③　　　　❹ ④

川越から東京までの時間とお金

① かかる時間　54分　　　かかるお金　570円

| 川越 | → | 乗りかえ | → | 乗りかえ | → | 東京 |

② かかる時間　54分　　　かかるお金　640円

| 川越 | → | 乗りかえ | → | 東京 |

③ かかる時間　56分　　　かかるお金　640円

| 川越 | → | 乗りかえ | → | 乗りかえ | → | 東京 |

④ かかる時間　1時間6分　　　かかるお金　3,320円

| 川越 | → | 乗りかえ | → | 東京 |

5

讀解練習 Reading

CHECK

1
2
3

1 請閱讀下列文章，並回答問題。請從 1、2、3、4 中，選出一項最適當的答案。

我家的位置是沿著車站前面那條寬敞的道路直走，在花店那個巷口往右轉就到了。就是和花店隔 4 棟的那個白色建築。

「我」家是哪一個呢？

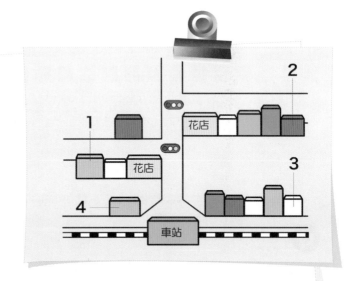

答え／2

由於在「花やのかど」轉彎，因此選項 3 和 4 不同。用來描述轉彎方向的「みぎ」和「ひだり」是基本語彙，一定要記起來才行，不過就算不知道「みぎにまがったところ」，只要知道「4 けん先の白いたてもの」裡面的「4」或「白い」，應該就能選出正確答案了吧。

2　請閱讀「從川越至東京所需時間與金額」，並下列回答問題。請從 1、2、3、4 中，選出一項最適當的答案。

　　楊小姐要從一個叫川越的車站搭電車前往東京車站。查詢乘車方式之後，發現有四種方法可以抵達。請問*轉乘次數最少，而且所需時間最短的是①〜④之中的哪一種呢？

＊轉乘：下了電車或巴士以後，再搭上其他電車或巴士。

❶　①　　　　　　　❷　②　　　　　　　❸　③　　　　　　　❹　④

從川越至東京所需時間與金額

①　所需時間 54 分鐘　所需金額 570 日圓

②　所需時間 54 分鐘　所需金額 640 日圓

③　所需時間 56 分鐘　所需金額 640 日圓

④　所需時間 1 小時 6 分鐘　所需金額 3,320 日圓

答え／2

解說　首先，要選的是「乗り換えの回数が少なく」，但由於並沒有可以不換乘就到達的方式，因此先尋找只要換一次就可以到達的途徑，於是篩選出②和④。接著，再搜尋時間較短的前往方式，篩選出①和②。因此，同時符合上述兩項條件的就是②了。

1 內文出現的文法

〔通過・移動〕＋を＋自動詞

用助詞「を」表示經過或移動的場所，而且「を」後面常接表示通過場所的自動詞，像是「渡る（わたる／越過）、曲がる（まがる／轉彎）」等，如例（1）；或接表示移動的自動詞，像是「歩く（あるく／走）、走る（はしる／跑）、飛ぶ（とぶ／飛）」等，如例（2）。

1 銀行の前を通って、駅に行きます。
經過銀行前面去車站。

2 鳥が空を飛んでいます。
鳥兒正在空中遨翔。

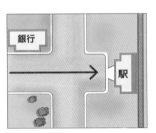

かた　　　　…法、…樣子。

前面接動詞連用形，表示方法、手段、程度跟情況。

□ 父は、魚の食べ方が上手です。
我爸爸吃魚的技巧很高明。

2 形容動詞

嫌／討厭	いろいろ／各式各樣	結構／（表示否定）不要	元気／精神，朝氣
丈夫／健康；堅固	大丈夫／沒問題	大好き／最喜歡	大切／重要
大変／重大，不得了	便利／方便	本当／真正	有名／有名
立派／優秀			

3 個數

<ruby>一<rt>ひと</rt></ruby>つ／一個	<ruby>二<rt>ふた</rt></ruby>つ／兩個	<ruby>三<rt>みっ</rt></ruby>つ／三個	<ruby>四<rt>よっ</rt></ruby>つ／四個
<ruby>五<rt>いつ</rt></ruby>つ／五個	<ruby>六<rt>むっ</rt></ruby>つ／六個	<ruby>七<rt>なな</rt></ruby>つ／七個	<ruby>八<rt>やっ</rt></ruby>つ／八個
<ruby>九<rt>ここの</rt></ruby>つ／九個		<ruby>十<rt>とお</rt></ruby>／十個	

5

讀解練習 Reading

CHECK

1

2

3

メモ

_____

_____

_____

_____

_____

_____

_____

_____

MEMO

1　はなしを　きいて、せんたくしの　1から4の　なかから、いちばん　いい　ものを　ひとつ
　　えらんで　ください。

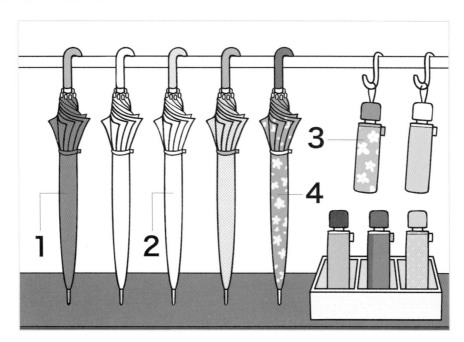

2　えを　みながら　しつもんを　きいて　ください。➡（やじるし）の　ひとは、なんと　いい
　　ますか。1から3の　なかから、いちばん　いい　ものを　ひとつ　えらんで　ください。

6

聽力測驗
Listening

CHECK

1

2

3

デパートの傘の店で、女の人と店の人が話しています。

百貨公司的傘店裡，女士和店員正在交談。

F　　　すみません。そのたなの上の傘を見せてください。

不好意思，我想看架子上面的那把傘。

M　　　長い傘ですか。それとも短い傘ですか。

是長柄傘嗎？還是短柄傘呢？

F　　　長い、花の絵のついている傘です。

長的、有花樣的那一把。

M　　　あ、これですね。どうぞ。

喔，是這一把吧？請慢慢看。

店の人は、どの傘を取りますか。

請問店員該拿哪一把傘呢？

單　字
デパート／百貨公司
傘／傘
店／商店
たな／架子
上／上面
見せる／讓…看
長い／長的
それとも／還是，或著
短い／短的
花／花
絵／圖案
つく／附有
これ／這個
どの／哪個
取る／拿取

● 與「哪一個」相關的說法

あのう、これの黒いのがほしいんですが。

請問一下，我想要這個的黑色的……。

1

2

すみません、もっと小さいのはありません。

不好意思，沒有比這個更小的尺碼了。

女の人が話しているシャツはどれですか。

請問女士正在說的襯衫是哪一件呢？

3

4

男の人はどの形のかばんを買いますか。

請問男士要買哪種形狀的提包呢？

答え／4

解說

符合「長い」條件的選項有 1、2、4。符合「花の絵のついている傘」條件選項的是 3、4。兩個條件都符合的只有 4。

M　　　この花^{はな}はいくらですか。

　　　　這種花多少錢呢？

F　　　(1)　スイートピーです。

　　　　　　　碗豆花。

　　　　(2)　3本^{ほん}で 400 円^{えん}です。

　　　　　　　3 枝 400 日圓。

　　　　(3)　春^{はる}の花^{はな}です。

　　　　　　　春天的花。

單　字

いくら／多少（錢）

～本^{ほん}・本^{ぼん}・本^{ぽん}／…枝；…條

～円^{えん}／日圓

春^{はる}／春天

6

聽力測驗 Listening

C H E C K

1

2

3

● 與購物金額相關的說法

82 円切手^{えんきって}を 5 枚^{まい}お願^{ねが}いします。

請給我 82 日圓的郵票 5 張。

そのケーキを 4 個^こください。

請給我 4 塊那種蛋糕。

そちらの一袋^{ひとふくろ} 108 円^{えん}のがいいです。

那邊一包 108 日圓的比較好。

もう少^{すこ}し安^{やす}いのはありませんか。

沒有更便宜一點的嗎？

答え／ 2

解說

由於問的是「いくら」，因此以回答價格的選項 2 才是正確答案。

1　（　）に　何を　入れますか。1・2・3・4から　いちばん　いい　ものを　一つ
えらんで　ください。

① A「これは　だれの　本ですか。」
　　B「山口くん（　）です。」

| ❶ の | ❷ へ | ❸ が | ❹ に |

② A「その　シャツは　（　）でしたか。」
　　B「2千円です。」

❶　どう　　　　　❷　いくら
❸　何　　　　　　❹　どこ

③　自転車が　こわれたので、新しい（　）　かいました。

| ❶ のを | ❷ のが | ❸ のに | ❹ ので |

④　もっと　大きい　本だなが　（　）　。

❶　ほしいます　　❷　買います
❸　ほしいです　　❹　買うです

2 　□□□に 何を 入れますか。1・2・3・4の 番号を ならべて ください。

❶ （八百屋で）
大島「その ［ ⑴ を ⑵ 赤い ⑶ 5こ ⑷ りんご ］ ください。」
店の人「はい、どうぞ。」

□□□ → □□□ → □□□ → □□□

❷ （くだもの屋で）
女の人「めずらしい くだものは ありますか。」
店の人「［ ⑴ には ⑵ ない ⑶ これは ⑷ 日本 ］ くだものです。」

□□□ → □□□ → □□□ → □□□

❸ A「この トマトは いくらですか。」
B「［ ⑴ 四つ ⑵ で ⑶ 100円 ⑷ です ］。」

□□□ → □□□ → □□□ → □□□

❹ ［ ⑴ ありません ⑵ は ⑶ スポーツ ⑷ 好きでは ］。

□□□ → □□□ → □□□ → □□□

1 （　　　）該填入什麼呢？請從 1、2、3、4 中，選出一項最適當的答案。

名詞＋の

「…的」。

A「これは　だれの　本ですか。」
「這是誰的書呢？」
B「山口くん（の）です。」
「山口同學（的）。」

答え／ 1

● 解說

準體助詞「の」後面可以省略前面出現過，或無須說明談話者都能理解的名詞，避免一再重複。這邊的「の」後面被省略的是前句提到的「本」。

れい　傘をなくしたので、兄のを借りました。
由於將傘弄丟了，所以借了哥哥的。

いくら

「多少」。

A「その　シャツは　（いくら）でしたか。」
「那件襯衫是花了（多少錢）買的呢？」
B「２千円です。」
「2000 日圓。」

答え／ 2

● 解說

「いくら」表示詢問數量、程度、價格、工資、時間、距離等的疑問詞，是「多少」的意思。由 B 句的「２千円」，可以對應到答案。

れい　いくらの切手がいりますか。
請問您要幾塊錢面額的郵票呢？

形容詞＋の

自転車が こわれたので、新しい（のを） かいました。
因為自行車壞掉了，所以買了新（的）。

答え／ 1

● 解説

「かいました」是他動詞，前面的目的語必須搭配「を」。又，這邊的「の」是準體助詞，代替的是前項的「自転車」。

れい 白いのより黒いのが好きです。
比起白色的，我更喜歡黑色的。

～がほしい

「…想要…」。

もっと 大きい 本だなが （ほしいです）。
我想要更大的書櫃。

答え／ 3

● 解説

不管文脈如何，1跟4都是錯誤選項。以「名詞＋が＋ほしい」的形式，表示說話人希望得到某物，而由於空格前的「本だなが」，可以知道正確答案為選項3。如果要選2的話，前面必須改成「本だなを」。

れい お茶がほしいです。
我想喝茶。

2 _____該填入什麼呢？請從 1、2、3、4 依正確順序排列。

①

（八百屋で）
大島「その <u>赤い りんごを 5こ</u> ください。」
店の人「はい、どうぞ。」

（在蔬果店裡）
大島「請給我那種紅蘋果 5 顆。」
店員「好的，這個給您。」

答え／2 → 4 → 1 → 3

> **解説** 購物或向對方要求某物時，可以用句型「名詞＋を＋數量＋ください」。又，形容詞修飾名詞時，會直接放名詞前面。因此，知道空格正確語順是「赤いりんごを 5 こ」。

②

（くだもの屋で）
女の人「めずらしい くだものは ありますか。」
店の人「<u>これは 日本 には ない くだもの</u>です。」

（在水果店裡）
女士「請問有沒有很少見的水果呢？」
店員「<u>這是日本沒有的水果。</u>」

答え／3 → 4 → 1 → 2

> **解説** 這題看得出來是以「これは～です」為句子架構，將選項 1、2、4 重新排列可以修飾「くだもの」，只有「4 → 1 → 2」的排列方式才符合語意。其中，格助詞「に」後接「は」，有特別提出格助詞前面的名詞的作用。

③

A「この トマトは いくらですか。」
B「<u>四つで 100 円</u>です。」

A「這個番茄多少錢？」
B「<u>四個 100 日圓。</u>」

答え／1 → 2 → 3 → 4

> **解説** 選項 4 大概一看就知道要排在句子最後面吧。又，文法「數量＋で＋數量」中的「で」前後可接數量、金額、時間單位等。其他選項依「數量＋で＋數量」排列，就可以知道正確語順。

④

<u>スポーツは 好きでは ありません。</u>

我不喜歡運動。

答え／3 → 2 → 4 → 1

> **解説** 選項 1 大概一看就知道要排在句子最後面吧。選項 2 只可能接在 3 後面。又，「～は～ではありません」是否定句，所以知道選項 4 一定會接在 1 前面。

1   來看看與「衣物」相關的單字吧。

預習　かいもの　せびろ　ワイシャツ　ポケット　ふく　うわぎ　シャツ
　　　　コート　セーター　スカート　いろ　ズボン　ボタン　ようふく

★Fashion★

白い／白色的　　黒い／黑色的

買い物／購物　　背広／西裝　　ワイシャツ／襯衫　　ポケット／口袋

茶色／茶色　　緑／綠色

服／衣服　　上着／上衣　　シャツ／上衣　　コート／大衣

青い／藍色的；綠色的

赤い／紅色的　　黄色い／黃色的

セーター／毛衣　　スカート／裙子

色／顏色　　ボタン／鈕釦　　ズボン／褲子　　洋服／西服

WWW.GoShopping.com

2   來看看與「配件、隨身物品」相關的單字吧。

❶ かばん／皮包，提包　　❷ 帽子／帽子　　❸ ネクタイ／領帶　　❹ ハンカチ／手帕

❺ 眼鏡／眼鏡　　❻ 財布／錢包　　❼ スリッパ／室內用拖鞋　　❽ 靴／鞋子

❾ 靴下／襪子　　❿ 箱／盒子，箱子　　⓫ たばこ／香菸　　⓬ 灰皿／菸灰缸

⓭ マッチ／火柴　　⓮ 物／東西

1　＿＿の　ことばは　どう　かきますか。1・2・3・4から　いちばん　いい　ものを
ひとつ　えらんで　ください。

① 　赤い　ネクタイを　しめます。

① 　あおい
② 　しろい
③ 　ほそい
④ 　あかい

② 　やおやで　くだものを　買って　かえります。

① 　うって
② 　かって
③ 　きって
④ 　まって

③ 　あつく　なったので、しゃつを　ぬぎました。

| ① ツャシ | ② シャン | ③ シャツ | ④ シヤツ |

2 （　）に　なにを　いれますか。1・2・3・4から　いちばん　いい　ものを　ひとつ　えらんで　ください。

① くつの　みせは　この　（　　　）の　2かいです。

① マンション　　② アパート　　③ ベッド　　④ デパート

② なつ、そとに　でる　ときは、ぼうしを　（　　　）。

① かぶります
② はきます
③ きます
④ つけます

3 ＿＿の　ぶんと　だいたい　おなじ　いみの　ぶんが　あります。1・2・3・4から　いちばん　いい　ものを　ひとつ　えらんで　ください。

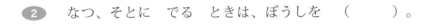

① この　ふくは　たかくなかったです。

① この　ふくは　つまらなかったです。
② この　ふくは　ひくかったです。
③ この　ふくは　とても　たかかったです。
④ この　ふくは　やすかったです。

6

1 ＿＿上的詞彙該如何書寫呢？請從 1 、 2 、 3 、 4 中，選出一項最適當的答案。

① 赤い　ネクタイを　しめます。　　　　　　　繫上紅領帶。

答え／ 4

解說 像形容詞等有語尾活用變化的字，唸法通常是訓讀，「赤い」讀作「あかい」。

② やおやで　くだものを　買って　かえります。　在蔬果店買了水果再回去。

答え／ 2

解說 像動詞等有語尾活用變化的字，唸法通常是訓讀，「買う」讀作「かう」。

③ あつく　なったので、シャツを　ぬぎました。　由於天氣變熱了，所以脫掉了襯衫。

答え／ 3

解說 請留意，別把片假名「シ」跟「ツ」，或「ツ」跟「ン」搞混了。

メモ

2 （　）該填入什麼呢？請從１、２、３、４中，選出一項最適當的答案。

 ①

くつの　みせは　この　デパートの　２かいです。

1　マンション
2　アパート
3　ベッド
4　デパート

鞋店位於這家百貨公司的２樓。

1　公寓大廈
2　公寓
3　床
4　百貨公司

答え／4

解說　題目句描述鞋店在（　）的二樓，由「みせ」可以對應到答案的「デパート」。

 ②

なつ、そとに　でる　ときは、ぼうしを　かぶります。

1　かぶります
2　はきます
3　きます
4　つけます

夏天外出時會戴帽子。

1　戴（帽子）
2　穿（鞋、襪、褲等）
3　穿（衣）
4　戴（耳環、胸針等）

答え／1

解說　「ぼうしをかぶる」是「戴帽子」的意思。因此，由「ぼうし」可以對應到答案的「かぶります」。請多加留意，日語中表示「穿戴衣服配件、飾品等」時，會依不同目的語而搭配不同動詞。

3　有和＿＿上的句子意思大致相同的句子。請從１、２、３、４中，選出一項最適當的答案。

①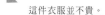

この　ふくは　たかくなかったです。

1　この　ふくは　つまらなかったです。
2　この　ふくは　ひくかったです。
3　この　ふくは　とても　たかかったです。
4　この　ふくは　やすかったです。

這件衣服並不貴。

1　這件衣服原本很無趣。
2　這件衣服很低。
3　這件衣服非常昂貴。
4　這件衣服很便宜。

答え／4

解說　「たかくなかった」為解題關鍵，是「たかい」的過去否定形。由前項的「ふく」，知道這邊的「たかい」是指價錢，而選項中的「やすかった」，是「やすい」的過去式，表示價錢便宜，意思等於「たかくなかった」。

1 つぎの ぶんしょうを 読んで、しつもんに こたえて ください。こたえは、1・2・3・4から いちばん いい ものを 一つ えらんで ください。

everyday extra agency online file

address: http://www.bibo.com

Search

Seacsh　Photo　Map　Mail　Play　News　Youtube　Movie　Blog

　昨日、スーパーマーケットで、トマトを 三つ 100円で 売って いました。わたしは 「安い！」と 言って、すぐに 買いました。帰りに 家の 近くの 八百屋さんで 見たら もっと 大きい トマトが 四つで 100円でした。

Q 「わたし」は、トマトを、どこで いくらで 買いましたか。

① スーパーで 三つ 100円で 買いました。
② スーパーで 四つ 100円で 買いました。
③ 八百屋さんで 三つ 100円で 買いました。
④ 八百屋さんで 四つ 100円で 買いました。

2　「オオシマ電気店」の図を　見て、下の　しつもんに　こたえて　ください。こたえは、1
・2・3・4から　いちばん　いい　ものを　一つ　えらんで　ください。

7月／特売　オオシマ電気店
7月はこれが安い！

7月中安い！（7月1日～31日）	1日だけ安い！	決まったじかんだけ安い！
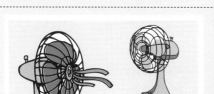　せんぷうき	**7月16日（木）**　トースター　ジューサー **7月17日（金）**　すいはんき　せんたくき	7月15～18日ごぜん10時 　トースター　せんたくき
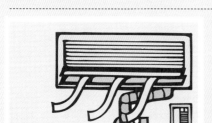　エアコン	**7月18日（土）**　パソコン　ドライヤー **7月19日（日）**　トースター　デジタルカメラ 	7月18・19日ごご6時 　すいはんき　れいぞうこ

Q　山中さんは、7月から　アパートを　かりて、ひとりで　くらします。*すいはんきと
*トースターを　同じ日に　安く　買うには　いつが　いいですか。山中さんは、仕事が
あるので、店に　行くのは　土曜日か　日曜日です。

*すいはんき：ご飯を作るのに使います。
*トースター：パンをやくのに使います。

❶　7月16日ごぜん10時　　　　❷　7月17日ごぜん10時
❸　7月18日ごご6時　　　　　　❹　7月19日ごご6時

6

CHECK

1

2

3

1　請閱讀下列文章，並回答問題。請從 1 、 2 、 3 、 4 中，選出一項最適當的答案。

❶

　　昨天超級市場三個蕃茄賣 100 日圓。我喊了聲「好便宜！」，馬上買了。回家的路上到家附近的蔬果店一看，發現更大顆的蕃茄四個才賣 100 日圓。

「我」在什麼地方用多少錢買了蕃茄呢？

① 在超級市場買了三個 100 日圓的番茄。

② 在超級市場買了四個 100 日圓的番茄。

③ 在蔬果店買了三個 100 日圓的番茄。

④ 在蔬果店買了四個 100 日圓的番茄。

答え／1

解説　這篇文章是由三句話所組合而成的。

第一句：昨天超級市場裡有賣蕃茄

第二句：作者在那裡買了蕃茄

第三句：之後，他在蔬果店發現了更便宜的蕃茄

題目問的是「買いましたか」，而敘述了購買過程的是第二句。在第二句中，雖然沒有寫到「どこで」和「いくらで」，但由於第二句是第一句話的延伸，因此只要對照第一句和所有選項，就可以找到答案了。

2　請閱讀「大島電器行」的圖，並下列回答問題。請從 1、2、3、4 中，選出一項最適當的答案。

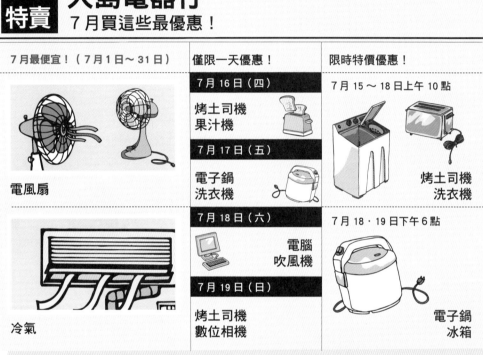

7月/特賣　大島電器行
7月買這些最優惠！

7月最便宜！（7月1日～31日）	僅限一天優惠！	限時特價優惠！
電風扇	7月16日（四） 烤土司機 果汁機	7月15～18日上午10點 烤土司機 洗衣機
冷氣	7月17日（五） 電子鍋 洗衣機	
	7月18日（六） 電腦 吹風機	7月18・19日下午6點 電子鍋 冰箱
	7月19日（日） 烤土司機 數位相機	

山中小姐從 7 月份以後就要搬進新租的公寓裡一個人住了。請問哪一天同時買*電子鍋和*烤土司機最為優惠呢？由於山中小姐要上班，只有星期六或是星期日能去商店購買。

＊電子鍋：用途為炊煮米飯。

＊烤土司機：用途為烤土司麵包。

❶ 7 月 16 號上午 10 點。

❷ 7 月 17 號上午 10 點。

❸ 7 月 18 號下午 6 點。

❹ 7 月 19 號下午 6 點。

答え／4

解說

山中小姐想買的電子鍋和烤上司機，並沒有出現在「7 月中安い！」，因此想要買到優惠價，必須鎖定特定日期或時段。又，山中小姐只能在星期六或是星期日去商店購買，因此首先對照「1 日だけ安い！」星期六和星期日的部分，發現 19 日（日）烤土司機有特價。17 日雖然電子鍋有特價，但因為是星期五，所以山中小姐沒辦法去買。接下來看「決まった時間だけ安い！」的部分，18 和 19 日的下午 6 點電子鍋有特價，因此只要在 19 日的下午 6 點去買，就可以同時以優惠價買到這兩件小家電了。此外，「すいはんき」的漢字寫作「炊飯器」。

1 內文出現的文法

いつ

何時、幾時。

表示不肯定的時間或疑問。

□ 誕生日はいつですか。

你的生日是什麼時候呢？

〔疑問詞〕＋が（疑問詞主語）

當問句使用「どれ、いつ、どの人」等疑問詞作為主語時，主語後面會接「が」。

□ 肉と魚ではどちらが好きですか。

肉類和魚類你比較喜歡哪一種呢？

～か～（選擇）

或者…。

表示在幾個當中，任選其中一個。

□ 朝はパンかごはんを食べます。

早餐通常吃麵包或米飯。

2　指示詞、疑問詞

　　中文裡只有「這個」跟「那個」，但在日文中有三種指示代名詞。有了指示詞，我們就知道說話現場的事物，和說話內容中的事物在什麼位置了。日語的指示詞有下面四個系列：

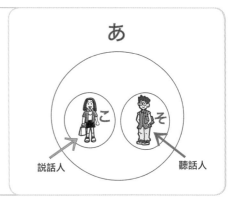

こ系列—指示離說話者近的事物。

そ系列—指示離聽話者近的事物。

あ系列—指示說話者、聽話者範圍以外的事物。

ど系列—指示不確定的事物和疑問。

說話人　　　　　　聽話人

　　指說話現場的事物時，如果這一事物離說話者近的就用「こ系列」，離聽話者近的用「そ系列」，在兩者範圍外的用「あ系列」。指示範圍不確定的用「ど系列」。

	事物	事物	場所	方向	範圍
こ	これ／這個	この／這個	ここ／這裡	こちら／這邊	說話者一方
そ	それ／那個	その／那個	そこ／那裡	そちら／那邊	聽話者一方
あ	あれ／那個	あの／那個	あそこ／那裡	あちら／那邊	說話者、聽話者以外的
ど	どれ／哪個	どの／哪個	どこ／哪裡	どちら／哪邊	是哪個不確定的

こんな／這樣的	そんな／那樣的	あんな／那樣的	どんな／什麼樣的	誰だれ／誰	どなた／哪位

3　星期

にちようび 日曜日／星期日	げつようび 月曜日／星期一	かようび 火曜日／星期二	すいようび 水曜日／星期三
もくようび 木曜日／星期四	きんようび 金曜日／星期五	どようび 土曜日／星期六	せんしゅう 先週／上星期
こんしゅう 今週／這星期	らいしゅう 来週／下星期	まいしゅう 毎週／每星期	しゅうかん 〜週間／…個星期

MEMO

1 はなしを きいて、せんたくしの 1から4の なかから、いちばん いい ものを ひとつ えらんで ください。

2 えを みながら しつもんを きいて ください。➡（やじるし） の ひとは、なんと いい ますか。1から3の なかから、いちばん いい ものを ひとつ えらんで ください。

(7-1)

7

聴力測驗 Listening

CHECK
● 1
● 2
● 3

バスの中で、旅行会社の人が客に話しています。

巴士裡，旅行社的員工正對著顧客們說話。

M　みなさま、今日は遅くまでおつかれさまでした。もうすぐホテルに着きます。ホテルでは、まず、フロントで鍵をもらってお部屋に入ってください。7時にレストランで食事をしますので、それまで、お部屋で休んでください。明日は10時にバスが出発しますので、それまでに買い物などをして、フロントにあつまってください。

各位貴賓，今天行程走到這麼晚，辛苦大家了！我們即將抵達旅館了。到了旅館以後，請先在櫃臺領取鑰匙進去房間。我們安排於7點在餐廳用餐，在用餐前請在房間裡休息。明天10點巴士就要出發，要購物的貴賓請在出發前買完東西，然後到櫃臺集合。

客は、ホテルに着いてから、初めに何をしますか。

請問顧客們抵達旅館之後，首先要做什麼事呢？

單　字

旅行会社／旅行社

客／顧客

みなさま／各位

遅く／很晚的時間

もうすぐ／即將

ホテル／旅館

まず／首先

フロント／櫃臺

鍵／鑰匙

もらう／領取

入る／進入

レストラン／餐廳

休む／休息

出発／出發

買い物／買東西

あつまる／集合

● 與順序相關的說法

学生たちはこれからどうしますか。

學生們接下來要做什麼呢？

女の人はこのあとどうしますか。

女性之後要做什麼呢？

1　**2**
3　**4**

レストランを出る前に、トイレに行きます。

離開餐廳之前，先去上廁所。

歯を磨いたあとで、顔を洗います。

刷牙以後洗臉。

答え／4

解説

因為提到「まず、フロントで鍵をもらってお部屋に入ってください」，所以最先要做的事情是選項4。

M　　　いっしょに旅行に行きませんか。
　　　　要不要一起去旅行呢？

F　　　⑴　はい、行きません。
　　　　　　　好，不去。

　　　　⑵　いいえ、行きます。
　　　　　　　不，要去。

　　　　⑶　はい、行きたいです。
　　　　　　　好，我想去。

旅行／旅行

はい／（表示同意）好；是的

いいえ／（用於否定）不

● 邀約的說法

ここで少し休みましょう。
在這裡稍微休息一下吧。

明日は、本屋の前で会いましょうか。
明天在書店門口碰面吧？

水曜日は都合が悪いです。
星期三我不方便。

日本料理より、中華料理のほうがいいです。
比起日本菜，我比較喜歡吃中菜。

解說

題目是有男士邀約一起旅行，因此以回答要去或不去的選項3才是正確答案。

1　（　）に 何を 入れますか。1・2・3・4から いちばん いい ものを 一つ
　　えらんで ください。

❶　もんの まえ（　）　かわいい 犬を 見ました。

❶	❷	❸	❹
は	が	へ	で

❷　あついので ぼうし（　）　かぶりました。

❶	❷	❸	❹
に	で	を	が

❸　夕ご飯を たべた（　　　）　おふろに 入ります。

❶	❷	❸	❹
まま	まえに	すぎ	あとで

❹　この かびん（　）、あの かびんの ほうが いいです。

　　　　1　なら
　　　　2　でも
　　　　3　から
　　　　4　より

2　___に　何を　入れますか。1・2・3・4の　番号を　ならべて　ください。

1 A「きのうは　なんじ　[　⑴家　⑵出ました　⑶を　⑷に　]か。」
　　B「9じはんです。」

[　　　　] ➡ [　　　　] ➡ [　　　　] ➡ [　　　　]

2 [　1　行って　　2　に　　3　から　　4　お手洗い　]ねます。

[　　　　] ➡ [　　　　] ➡ [　　　　] ➡ [　　　　]

3 A「トイレに　行きたいです。」
　　B「近くには　ありませんね。[　⑴に　⑵お店の人　⑶ましょうか　⑷聞き　]。」

[　　　　] ➡ [　　　　] ➡ [　　　　] ➡ [　　　　]

4 いつか　[　⑴に　⑵行きたい　⑶日本　⑷です　]。

[　　　　] ➡ [　　　　] ➡ [　　　　] ➡ [　　　　]

1　（　　　）該填入什麼呢？請從 1、2、3、4 中，選出一項最適當的答案。

〔場所〕＋で

「在…」。

もんの　まえ（で）　かわいい　犬を　見ました。

（在）門的前面看到了一隻可愛的狗。

答え／ 4

● 解說

「で」的前項表示後項動作進行的場所，所以表示「かわいい犬を見ました」這件事發生的場所時，用格助詞「で」。

れい　部屋で宿題をします。
　　　在房間裡寫作業。

〔目的語〕＋を

あついので　ぼうし（を）　かぶりました。

天氣很熱，所以戴上了帽子。

答え／ 3

● 解說

「ぼうしをかぶる」是「戴帽子」的意思。「を」前項的名詞，是後項他動詞的目的語。

れい　毎朝、新聞を読みます。
　　　每天早上都要看報紙。

動詞たあとで

「…以後…」。

夕ご飯を　たべたあとで　おふろに　入ります。

吃完晚餐（之後）去洗澡。

答え／4

● 解說

句型「動詞た形＋あとで」，表示前項的動作做完後，做後項的動作，中文可以翻譯成「…之後…」。可能比較有問題的選項 2，也用在表示動作的順序，但「まえに」前面必須接動詞辭書形，因此不可以選。

れい　洗濯をした後で、買い物に行きます。

洗完衣服以後，去買東西。

～より～ほう

「…比…」、「比起…，更」。

この　かびん（より）、あの　かびんの　ほうが　いいです。

（比起）這只花瓶，那只花瓶比較好。

答え／4

● 解說

用句型「～より～ほう」，表示對兩件事物進行比較後，選擇後者。由後項的「ほうがいい」，可以解出答案。

れい　バスよりタクシーのほうが早いです。

搭巴士不如搭計程車來得快。

7

文法練習 Grammar

CHECK

1

2

3

2 ＿＿＿＿該填入什麼呢？請從１、２、３、４依正確順序排列。

1

A「きのうは　なんじに　家を　出ましたか。」
B「9 じはんです。」

➡ A「昨天你是幾點離開家門的呢？」
　　B「9 點半。」

答え／4→1→3→2

解說 表示幾點、星期幾、幾月幾日等時間點時，用格助詞「に」，知道「に」接在「なんじ」後。又，表示動作離開的出發點、起點，用格助詞「を」，知道「家」、「出ました」、「を」正確順序是「家を出ました」。

2

お手洗いに　行ってから　ねます。

➡ 上完廁所後再睡覺。

答え／4→2→1→3

解說 「到達點＋に行く」的「に」是格助詞，表示動作移動的到達點。又，句型「動詞てから」表示動作順序，強調先做前項的動作或前項事態成立，再進行後句的動作，是「先做…，然後再做…」的意思。因此，可以知道選項１、３分別放入第三、四格。

3

A「トイレに　行きたいです。」
B「近くには　ありませんね。お店の人に　聞きましょうか。」

➡ A「我想去廁所。」
　　B「這附近沒有耶。要不要去問店員呢？」

答え／2→1→4→3

解說 以「動詞ます形＋ましょう」的形式，表示勸誘對方做某事，所以選項４後面會接３，作為句子的述部。而選項２後面會接１，表示述部的對象。

4

いつか　日本に　行きたいです。

➡ 有朝一日我想去日本。

答え／3→1→2→4

解說 「到達點＋に」表示動作移動的到達點，所以知道選項１只可能接在３後面。選項４可能接在２或３的後面，但已經知道選項３會接１了，如果將順序排成「3→1→4」，就不知道２應該排哪裡，所以可以知道４應該要接在２的後面，當述語用。以「動詞ます形＋たい」的形式，表示說話人內心希望某一行為能實現，或是強烈的願望。

1　天氣是決定旅行品質的關鍵，來看下列與「氣象」相關的單字吧。

預習	てんき	はれる	くもる	かぜ	あめ
	ゆき	あつい	さむい	すずしい	あたたかい

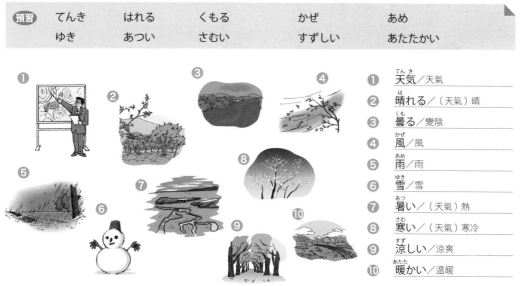

❶ 天気（てんき）／天氣
❷ 晴（は）れる／（天氣）晴
❸ 曇（くも）る／變陰
❹ 風（かぜ）／風
❺ 雨（あめ）／雨
❻ 雪（ゆき）／雪
❼ 暑（あつ）い／（天氣）熱
❽ 寒（さむ）い／（天氣）寒冷
❾ 涼（すず）しい／涼爽
❿ 暖（あたた）かい／溫暖

2　來看看與「大自然」相關的日語單字吧。

預習	そら
	やま
	かわ
	うみ
	いわ

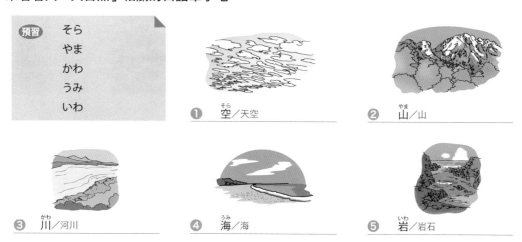

❶ 空（そら）／天空
❷ 山（やま）／山
❸ 川（かわ）／河川
❹ 海（うみ）／海
❺ 岩（いわ）／岩石

3　來看看「四季」的日語單字吧。

❶ 春（はる）／春天

❷ 夏（なつ）／夏天

❸ 秋（あき）／秋天

❹ 冬（ふゆ）／冬天

7

1 ___の ことばは どう かきますか。1・2・3・4から いちばん いい ものを
ひとつ えらんで ください。

① ゆきが ふりました。

① 風 　② 雪 　③ 雨 　④ 雷

② にほんの ふゆは さむいです。

① 春 　② 秋 　③ 冬 　④ 夏

③ うちの ちかくに きれいな 川が あります。

① かわ　② かは　③ やま　④ うみ

2 （　　　）に　なにを　いれますか。1・2・3・4から　いちばん　いい　ものを　ひとつ　えらんで　ください。

① これは　きょねん　うみで　（　　　）　しゃしんです。

| ① つけた | ② とった | ③ けした | ④ かいた |

② きょうは　とても　かぜが　（　　　）　です。

① ながい
② つよい
③ みじかい
④ たかい

3 ＿＿＿の　ぶんと　だいたい　おなじ　いみの　ぶんが　あります。1・2・3・4から　いちばん　いい　ものを　ひとつ　えらんで　ください。

① 1ねんに　1かいは　うみに　いきます。

① 1ねんに　2かいずつ　うみに　いきます。
② まいとし　1かいは　うみに　いきます。
③ まいとし　2かいは　うみに　いきます。
④ 1ねんに　なんかいも　うみに　いきます。

7

1 ＿＿＿上的詞彙該如何書寫呢？請從 1、2、3、4 中，選出一項最適當的答案。

1
雪が　ふりました。
1 風（かぜ）
2 雪（ゆき）
3 雨（あめ）
4 雷（かみなり）

➡ 下雪了。
1 風
2 雪
3 雨
4 雷

答え／ 2

（解說）「ゆき」是漢字「雪」的訓讀。這個單字意思與中文相同，但就日文標準字體而言，必須注意上半部「雨」裡面四個點的點法，以及下半部中間那一橫不會突出去。

2
にほんの　冬（ふゆ）は　さむいです。
1 春（はる）
2 秋（あき）
3 冬（ふゆ）
4 夏（なつ）

➡ 日本的冬天很冷。
1 春天
2 秋天
3 冬天
4 夏天

答え／ 3

（解說）「ふゆ」是漢字「冬」的訓讀。意思與中文相同，最好能與相關單字「はる／春（春天）」、「なつ／夏（夏天）」、「あき／秋（秋天）」一起記。

3
うちの　ちかくに　きれいな　川（かわ）が　あります。

➡ 我家附近有條很美麗的河。

答え／ 1

（解說）「川」當一個單字時用訓讀，唸作「かわ」。

メモ

---

2 （　　　　）該填入什麼呢？請從１、２、３、４中，選出一項最適當的答案。

これは　きょねん　うみで　とった　しゃしんです。

1　つけた
2　とった
3　けした
4　かいた

→　這是去年在海邊拍下的照片。
1　附上
2　拍下
3　熄滅
4　繪製

答え／2

　這一題關鍵是用動詞修飾名詞的句型「動詞＋名詞」。「しゃしんをとる」是「拍照」的意思，所以這裡的「とった」用來修飾「しゃしん」，意指「拍下的照片」。

きょうは　とても　かぜが　つよいです。

1　ながい
2　つよい
3　みじかい
4　たかい

→　今天的風勢非常強。
1　長的
2　強的
3　短的
4　高的

答え／2

　在日語中，形容風勢可以用形容詞「つよい（強的）」、「よわい（弱的）」、「あたたかい（溫暖的）」、「つめたい（寒冷的）」等。這一題選項中，可以填入空格的只有選項2。

1ねんに　1かいは　うみに　いきます。

1　1ねんに　2かいずつ　うみに　いきます。
2　まいとし　1かいは　うみに　いきます。
3　まいとし　2かいは　うみに　いきます。
4　1ねんに　なんかいも　うみに　いきます。

→　1年至少會去一趟海邊。
1　1年會各去兩趟海邊。
2　每年至少會去一趟海邊。
3　每年至少會去兩趟海邊。
4　1年會去海邊很多趟。

答え／2

　「時間＋に＋次數」表示某時間範圍內的次數。這一題的「1ねんに1かい」是解題關鍵，可以對應到答案句的「まいとし1かい」。另外，「1ねんに1かいは」的「は」暗示也有可能兩次以上、至少一次的意思。

つぎの　1と　2の　ぶんしょうを　読んで、しつもんに　こたえて　ください。こたえは、
1・2・3・4から　いちばん　いい　ものを　一つ　えらんで　ください。

1　あしたの　ハイキングに　ついて　先生から　つぎの　話が　ありました。

　　あした、ハイキングに　行く　人は、
朝、9時までに　学校に　来て　ください。
前の　日に　病気を　して、ハイキングに
行く　ことが　できなく　なった　人は、
朝の　7時までに　先生に　電話を　して
ください。
　　また、あした　雨で　ハイキングに　行
かない　ときは、朝の　6時までに、先生が
みなさんに　電話を　かけます。

Q　前の　日に　病気を　して、ハイキングに　行く　こ
とが　できなく　なった　ときは、どうしますか。

① 朝　6時までに　先生に　電話を　します。
② 朝　8時までに　先生に　メールを　します。
③ 朝　7時までに　先生に　電話を　します。
④ 夜の　9時までに　先生に　電話を　します。

2

　去年、わたしは　友だちと　沖縄に　りょこうに　行き
ました。沖縄は、日本の　南の　ほうに　ある　島で、海
が　きれいな　ことで　ゆうめいです。

　わたしたちは、飛行機を　おりて　すぐ、海に　行って
泳ぎました。その　あと、古い　*お城を　見に　行きまし
た。お城は　わたしの　国の　ものとも、日本で　前に　見
た　ものとも　ちがう　おもしろい　たてものでした。友だ
ちは　その　しゃしんを　たくさん　とりました。

　お城を　見た　あと、4時ごろ、ホテルに　向かいました。
ホテルの　門の　前で、ねこが　ねて　いました。とても　か
わいかったので、わたしは　その　ねこの　しゃしんを　とり
ました。

*　お城：大きくてりっぱなたてものの一つ。

(1)　わたしたちは、沖縄に　ついて　はじめに　何を　しましたか。
　❶　古い　お城を　見に　行きました。
　❷　ホテルに　入りました。
　❸　海に　行って　しゃしんを　とりました。
　❹　海に　行って　泳ぎました。

(2)　「わたし」は、何の　しゃしんを　とりましたか。
　❶　古い　お城の　しゃしん
　❷　きれいな　海の　しゃしん
　❸　ホテルの　前で　ねて　いた　ねこの　しゃしん
　❹　お城の　門の　上で　ねて　いた　ねこの　しゃしん

7

CHECK

1
2
3

請閱讀下列 1 跟 2 的文章，並回答問題。請從 1、2、3、4 中，選出一項最適當的答案。

1

關於明天的健行，老師交代了以下的事項。

明天要去健行的人，請在早上 9 點之前到學校。如果有人前一天晚上生病了，沒辦法參加健行，請在早上 7 點之前打電話告訴老師。

還有，萬一明天因為下雨而取消健行，老師會在早上 6 點之前打電話通知大家。

假如前一天晚上生病了，沒辦法參加健行的話，該如何處理呢？

❶ 在早上 6 點之前打電話告訴老師。

❷ 在早上 8 點之前寄電子郵件告訴老師。

❸ 在早上 7 點之前打電話告訴老師。

❹ 在晚上 9 點之前打電話告訴老師。

解說 答え／ 3

題目裡的「前の日に〜ときは」，相當於文章裡第二至三行的「前の日に〜人は」。因此，「どうしますか」的回答就是接下來的「朝の 7 時までに〜」。

2

去年我和朋友去了沖繩旅行。沖繩是位於日本南方的島嶼，以美麗的海景著稱。

我們一下了飛機，立刻去了海邊游泳。游完泳後再去參觀了一座古老的*城堡。那座城堡和我國家的城堡，或是我以前在日本看過的其他城堡都不一樣，是一座很有意思的建築。朋友拍下了很多張城堡的照片。

看完城堡以後，大約 4 點左右，我們前往旅館。在旅館的門前有一隻貓咪在睡覺。那隻貓咪實在長得太可愛了，所以我拍了很多張那隻貓咪的照片。

*城堡：規模宏大又氣派的一種建築物。

---

(1) 我們一到達沖繩，最先做了什麼事？

❶ 去看了古老的城堡。　　❷ 進了旅館。

❸ 去了海邊拍照。　　❹ 去了海邊游泳。

解說 答え／ 4

由於題目問的是「はじめに」，在文章中尋找相關的部分時，發現在第二段裡有「すぐ」。而接下來的部分和選項 4 完全一樣，該選哪一項應該毫無疑問吧。

---

(2) 「我」拍了什麼照片呢？

❶ 古老城堡的照片　　❷ 美麗海景的照片

❸ 睡在旅館門前的貓咪的照片　　❹ 睡在城堡門上的貓咪的照片

解說 答え／ 3

在文章的最後提到「わたしはそのねこのしゃしんをとりました」。那一隻就是在「ホテルの門の前で」睡覺的貓。

1 內文出現的文法

〔起點（人）〕から　從…、由…。

表示從某對象借東西、從某對象聽來的消息，或從某對象得到東西等。「から」前面就是這某對象。

□ この話は姉から聞きました。

　　這件事已經從家姊那裡聽說了。

文法補充

〜をもらいます　取得、要、得到。

表示從某人那裡得到某物。「を」前面是得到的東西。給的人一般用「から」或「に」表示。

□ 彼から花をもらいました。　　　□ おじに辞書をもらいました。

　　我從他那裡收到了花。　　　　　　從伯伯那裡收到了辭典。

〔場所〕へ／（に）〔目的〕に　到…（做某事）。

表示移動的場所用助詞「へ」（に），表示移動的目的用助詞「に」。「に」的前面要用動詞ます形，如例（1）；遇到サ行變格動詞（如：洗濯します），除了用動詞ます形，也常把「します」拿掉，只用詞幹，如例（2）。

① 昨日、デパートへ服を買いに行きました。

　　昨天去百貨公司買了衣服。

② おばあさんは川へ洗濯に行きました。

　　老婆婆去了河邊洗衣服。

形容詞（過去肯定／過去否定）

形容詞的過去式，表示說明過去的客觀事物的性質、狀態，以及過去的感覺、感情。形容詞的過去肯定，是將詞尾「い」改成「かっ」再加上「た」，用敬體時「かった」後面要再接「です」，如例（1）；形容詞的過去否定，是將詞尾「い」改成「く」，再加上「ありませんでした」，如例（2）；或將現在否定式的「ない」改成「なかっ」，然後加上「た」，如例（3）。

① この服はきれいですが、安かったです。

　　這件衣服雖然漂亮，但是很便宜。

② 昨日は暑くありませんでした。

　　昨天並不熱。

③ 若いころは、私も髪が薄くなかったです。

　　年輕時，我的髮量也並不少。

2 其他相關單字

年月份

せんげつ 先月／上個月	こんげつ 今月／這個月	らいげつ 来月／下個月	まいつき・まいげつ 毎月・毎月／每個月
ひとつき 一月／一個月	おととし／前年	きょねん 去年／去年	ことし 今年／今年
らいねん 来年／明年	さらいねん 再来年／後年	まいねん・まいとし 毎年・毎年／每年	とし 年／年紀

出國

がいこく 外国／外國	くに 国／國家	にもつ 荷物／行李

メモ

1　はなしを　きいて、せんたくしの　1から4の　なかから、いちばん　いい　ものを　ひとつ
　　えらんで　ください。

1		2	
おいしくないから		たかいから	

3		4	
おとこのひとがネクタイをしめていないから		えきの近くのしょくどうのほうがおいしいから	

2　えを　みながら　しつもんを　きいて　ください。➡（やじるし）の　ひとは、なんと　いい
　　ますか。1から3の　なかから、いちばん　いい　ものを　ひとつ　えらんで　ください。

男の人と女の人が話しています。

男士和女士正在交談。

M　　　あのきれいな店で晩ご飯を食べましょう。

我們去那家很漂亮的餐廳吃晚餐吧！

F　　　あの店は有名なレストランです。お金がたくさんかかり

ますよ。

那家店是很有名的餐廳，一定要花很多錢喔！

M　　　大丈夫ですよ。お金はたくさん持っています。

別擔心啦，我帶了很多錢來。

F　　　でも、違うお店に行きましょう。

可是我們還是去別家餐廳吧！

M　　　どうしてですか。

為什麼？

F　　　ネクタイをしめていない人は、あの店に入ることができ

ないのです。

因為沒繫領帶的客人不能進去那家餐廳吃飯。

M　　　そうですか。では、駅の近くの食堂に行きましょう。

這樣喔。那麼，我們到車站附近的餐館吧！

二人はどうして有名なレストランで晩ご飯を食べませんか。

他們兩人為什麼不在知名的餐廳吃晚餐呢？

單 字
あの／那個
きれい／漂亮；乾淨
晩ご飯／晚餐
有名／有名
お金／錢
たくさん／很多
かかる／花（錢）
持つ／帶
違う／不同
ネクタイ／領帶
しめる／繫

選項翻譯

1　因為不好吃

2　因為很貴

3　因為男士沒有繫領帶

4　因為車站附近的餐館比較好吃

答え／3

解說

在女士說了「違うお店に行きましょう」後，男士詢問了理由，女士則回答「ネクタイをしめていない人は、あの店に入ることができないのです」，男士接著說「では、駅の近くの食堂に行きましょう」。由男士的回應可以知道他理解女士的考量，也可推出男士現在沒有繫領帶。

今<small>いま</small>からご飯<small>はん</small>を食<small>た</small>べます。何<small>なん</small>と言<small>い</small>いますか。

現在要吃飯了。請問這時該說什麼呢？

單 字

ご飯<small>はん</small>／飯食，餐

F　　(1)　いただきます。

　　　　　　我開動了。

　　　(2)　ごちそうさまでした。

　　　　　　我吃飽了。

　　　(3)　いただきました。

　　　　　　承蒙招待了。

● **在餐廳的常用會話**

ご飯<small>はん</small>とパンのどちらにいたしますか。

請問您要米飯還是麵包呢？

すみません。しょう油<small>ゆ</small>はありますか。

不好意思，請問有醬油嗎？

（飲<small>の</small>み物<small>もの</small>は）お水<small>みず</small>でけっこうです。

（點用的飲料）給我開水就好了。

コーヒーを一<small>ひと</small>つお願<small>ねが</small>いします。

請給我一杯咖啡。

答え／1

解説

用餐前的致意語應該是「いただきます」。

8

1　（　）に 何を 入れますか。1・2・3・4から いちばん いい ものを 一つ
　　えらんで ください。

Question 1

えきの まえの みちを 東（　） あるいて ください。

1	2	3	4
を	が	か	へ

Question 2

A 「とても （　） 夜ですね。」
B 「そうですね。庭で 虫が ないて います。」

1　しずかなら　　　2　しずかに
3　しずかだ　　　　4　しずかな

Question 3

A 「（　） あなたは 新聞を 読まないのですか。」
B 「朝は いそがしいからです。」

1　なぜ　　　　　　2　なぜか
3　どうしても　　　4　どうか

Question 4

A 「高橋さんは どこですか。」
B 「今、トイレに （　）。」

1　入ります　　　　2　入ったりします
3　入っています　　4　入りません

2　　1　から　5　に　何を　入れますか。ぶんしょうの　いみを　かんがえて、1・2・3・4から　いちばん　いい　ものを　一つ　えらんで　ください。

日本で　べんきょうして　いる　学生が、「わたしと　パソコン」の　ぶんしょうを　書いて、クラスの　みんなの　前で　読みました。

わたしは、まいにち　家で　パソコンを　つかって　います。パソコンは、何かを　しらべる　ときに　とても　1　。

出かける　とき、どの　2　電車や　地下鉄に　乗るのかを　しらべたり、店の　ばしょを　3　します。

わたしたち　留学生は、日本の　まちを　あまり　4　ので、パソコンが　ないと　とても　5　。

1　　1　べんりです　　　　2　べんりな
　　3　べんります　　　　4　べんりいです

2　　1　学校で　　　　　　2　えきで
　　3　店で　　　　　　　4　みちで

3　　1　しらべる　　　　　2　しらべよう
　　3　しらべて　　　　　4　しらべたり

4　　1　しって　いる　　　2　おしえない
　　3　しらない　　　　　4　あるいて　いる

5　　1　こまるです　　　　2　こまっています
　　3　こまりです　　　　4　こまります

1 （　　　）該填入什麼呢？請從 1、2、3、4 中，選出一項最適當的答案。

〔場所・方向〕へ（に）　　「往…」、「去…」。

えきの　まえの　みちを　東（へ）　あるいて　ください。
請沿著車站前面那條路（往）東邊走。

答え／4

● 解説

> 表示動作、行為的方向，或指行為的目的地，可以用格助詞「へ」或「に」，但這一題的選項只出現「へ」，因此答案是 4。

れい　明日、神戸へ行きます。
明天要去神戸。

形容動詞な＋名詞　　「…的…」。

A「とても　（しずかな）　夜ですね。」
「夜色真是（靜謐）哪。」

B「そうですね。庭で　虫が　ないて　います。」
「是呀，蟲兒在院子裡叫著。」

答え／4

● 解説

> 形容動詞後接名詞時，必須把詞尾「だ」改成「な」，所以答案是 4，表示用「しずかな」修飾後面的「夜」。

れい　スーパーで、いろいろな物を買いました。
在超級市場買了各式各樣的東西。

なぜ、どうして、なんで 「為什麼」。

A 「（なぜ）　あなたは　新聞を　読まないのですか。」
「（為什麼）你不看報紙呢？」

B 「朝は　いそがしいからです。」
「因為早上很忙。」

答え／ 1

● 解説

單由Ａ句來作判斷的話，選項1的「なぜ（為什麼）」跟3「どうしても（無論如何…都…）」都有可能是答案，但因為Ｂ的回應用了表示原因、理由的「から」，所以Ａ句的空格應填入表示詢問原因、理由的選項1。「なぜ」跟「どうして」一樣，都是詢問理由的疑問詞，口語常用「なんで」。

れい　なんであの人が嫌いなんですか。
為什麼會討厭那個人呢？

〔動詞＋ています〕（動作進行中）

A 「高橋さんは　どこですか。」
「高橋小姐在哪裡？」

B 「今、トイレに（入っています）。」
「正在（上）廁所。」

答え／ 3

● 解說

「動詞＋ています」可以表示動作正在進行中，因此推測出選項3是答案。

れい　趙さんは、今テニスをしています。
趙先生現在在打網球。

2　1到 5 的空格該填入什麼呢？請思考文章的意思，並從 1、2、3、4 依正確順序排列。

> 在日本留學的學生以〈我和電腦〉為題名寫了一篇文章，並且在班上同學的面前誦讀給大家聽。
>
> 我每天都在家裡使用電腦。需要查詢資料時，電腦非常便利。
> 要外出的時候，可以先查到應該在哪個車站搭電車或地鐵，或者是店家的位置。
> 我們留學生對日本的交通道路不太熟悉，所以如果沒有電腦，實在非常傷腦筋。

1　　　　　　　　　　　　　　　　　　　　　　　　　　　　　　　答え／1

解說　選項 3 跟 4 是錯誤的形容動詞活用。由於空格在句點前面，知道 1 是正確答案。選項 2 會用在後接名詞的時候。

2　➜　1　在學校　　　　2　在車站　　　　3　在商店　　　　4　在街上　　　答え／2

解說　「電車や地下鉄に乗る」的地點是「えき」。以漢字書寫的選項 1 和 3，應該立刻就能知道不是答案吧。假如沒有正確記得單詞的意義，或許會在選項 2 和 4 之間難以抉擇。由於 N5 測驗出現平假名的比率較高，必須要能正確記得每一個單詞的語意，而不能仰賴漢字加以推測，這和提高聽力也有幫助。

3　　　　　　　　　　　　　　　　　　　　　　　　　　　　　　　答え／4

解說　用句型「動詞たり、動詞たりします」，可以表示動作並列，意指從幾個動作之中，例舉出兩、三個有代表性的，並暗示還有其他的。由前面的「しらべたり」，可以對應到答案。

4　➜　1　熟悉　　　　2　不教導　　　　3　不熟悉　　　　4　正在走路　　　答え／3

解說　由於前面有「あまり」，因此後面應該要接「～ない」。「あまり～ない」表示程度並不高，再加上前面的「留学生は」，空格填入選項 3 語意才通順。

5　　　　　　　　　　　　　　　　　　　　　　　　　　　　　　　答え／4

解說　選項 1 跟 3 放入任何文脈裡都不適切。選項 2 的「こまっています」表示「正在苦惱」，但由於筆者現在擁有個人電腦，並不苦惱，所以不能選。答案選項 4，是動詞現在肯定式敬體。另外，「パソコンがないと」的「と」用法對 N5 考生來說或許有點難，但因為第一句提到「パソコンをつかっています」，可以知道「パソコンがないと」在這裡表示假定。

1 來看看與「食物」相關的單字吧。

生鮮區

- 肉（にく）／肉
- 鶏肉（とりにく）／雞肉
- 牛肉（ぎゅうにく）／牛肉
- 豚肉（ぶたにく）／豬肉
- 卵（たまご）／蛋，雞蛋
- 野菜（やさい）／蔬菜
- 果物（くだもの）／水果

熟食區

- ご飯（はん）／飯食
- 朝ご飯（あさ はん）／早餐
- 昼ご飯（ひる はん）／午餐
- 晩ご飯（ばん はん）／晩餐
- 夕飯（ゆうはん）／晩飯
- 食べ物（た もの）／食物
- お弁当（べんとう）／便當
- 料理（りょう り）／菜餚

飲料點心區

- 飲み物（の もの）／飲料
- 水（みず）／水
- コーヒー／咖啡
- 牛乳（ぎゅうにゅう）／牛奶
- お酒（さけ）／酒類
- お茶（ちゃ）／茶
- パン／麵包
- お菓子（かし）／糕點

2 來看看與「餐具」相關的單字吧。

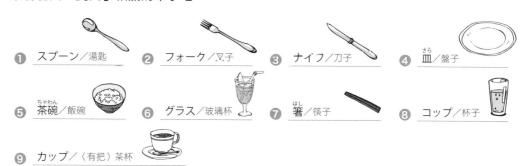

❶ スプーン／湯匙　　❷ フォーク／叉子　　❸ ナイフ／刀子　　❹ 皿（さら）／盤子

❺ 茶碗（ちゃわん）／飯碗　　❻ グラス／玻璃杯　　❼ 箸（はし）／筷子　　❽ コップ／杯子

❾ カップ／〈有把〉茶杯

2 來看看其他相關單字吧。

バター／奶油　　しょう油（ゆ）／醬油　　塩（しお）／鹽　　砂糖（さとう）／砂糖

1 ＿＿の ことばは どう かきますか。1・2・3・4から いちばん いい ものを
ひとつ えらんで ください。

Question 1

塩を すこし かけて やさいを たべます。

1 しう
2 しお
3 こな
4 しを

Question 2

まいにち 牛乳を のみます。

1 ぎゅうにゅ
2 ぎゅうにゆう
3 ぎゅうにゅう
4 ぎゆうにゅう

Question 3

ちちは おさけが すきです。

1	2	3	4
お湯	お酒	お水	お洋

2 （ ）に なにを いれますか。1・2・3・4から いちばん いい ものを ひとつ え
らんで ください。

Question 1

この （　　　　）は とても あついです。

1 おちゃ　　2 みず　　3 ネクタイ　　4 えいが

Question 2

はこの なかに おかしが （　　　　） はいって います。

1 よっつ
2 ななつ
3 やっつ
4 みっつ

3 ＿＿の ぶんと だいたい おなじ いみの ぶんが あります。1・2・3・4から いち
ばん いい ものを ひとつ えらんで ください。

Question 1

まいにち だいがくの しょくどうで ひるごはんを たべます。

1 いつも あさごはんは だいがくの しょくどうで たべます。
2 いつも ひるごはんは だいがくの しょくどうで たべます。
3 いつも ゆうごはんは だいがくの しょくどうで たべます。
4 いつも だいがくの しょくどうで しょくじを します。

8

1　____上的詞彙該如何書寫呢？請從 1、2、3、4 中，選出一項最適當的答案。

1

しお
塩を　すこし　かけて　やさいを　たべます。

➡ 在蔬菜上灑了一點鹽後食用。

答え／2

解説　「塩」當一個單字，用訓讀，唸作「しお」。

2

ぎゅうにゅう
まいにち　牛乳を　のみます。

➡ 每天都喝生奶。

答え／3

解説　「牛」與「乳」合起來，表示「牛奶」的意思，用音讀，唸作「ぎゅうにゅう」。請特別注意，「牛」跟「乳」都是拗音加長音，別把「ぎゅ」、「にゅ」記成「ぎゆ」、「にゆ」，或是漏掉後面的「う」囉。

3

さけ
ちちは　お酒が　すきです。

➡ 我家的人喜歡喝酒。

答え／2

解説　「さけ」是漢字「酒」的訓讀。單字意思與中文相同，但背單字時要小心別把假名「さ」跟「き」，或「け」跟「は」搞混了。

メモ

_____

_____

_____

2　（　）該填入什麼呢？請從 1 、 2 、 3 、 4 中，選出一項最適當的答案。

この　おちゃは　とても　あついです。

➡ 這杯茶太燙了。

1　茶　　　　　　　2　冷水

3　領帶　　　　　　4　電影

答え／1

　由後項的「あつい」可以對應到答案的「おちゃ」。在日語中，一般來說不會用「あつい」去形容「みず」，要表達「熱水」的話，通常會用「おゆ／お湯」，因此這一題的選項 2 並不適合當答案。

はこの　なかに　おかしが　よっつ　はいって　います。

➡ 盒子裡裝有 4 個糕餅。

1　4個

2　7個

3　8個

4　3個

答え／1

　題目問的是數量。插圖中，盒子裡的糕點有四塊，因此答案是「よっつ」。

3　有和＿＿＿上的句子意思大致相同的句子。請從 1 、 2 、 3 、 4 中，選出一項最適當的答案。

まいにち　だいがくの　しょくどうで　ひるごはん
を　たべます。

1　いつも　あさごはんは　だいがくの　しょくど
　　うで　たべます。

2　いつも　ひるごはんは　だいがくの　しょくど
　　うで　たべます。

3　いつも　ゆうごはんは　だいがくの　しょくど
　　うで　たべます。

4　いつも　だいがくの　しょくどうで　しょくじ
　　を　します。

➡ 我每天都在大學的學生餐廳裡吃午餐。

1　我總是在大學的學生餐廳裡吃早餐。

2　我總是在大學的學生餐廳裡吃午餐。

3　我總是在大學的學生餐廳裡吃晚餐。

4　我總是在大學的學生餐廳裡吃飯。

答え／2

這一題的「まいにち」與「ひるごはん」是解題關鍵，可以對應到答案句的「いつも」及「ひるごはん」。

つぎの 1と 2の ぶんしょうを 読んで、しつもんに こたえて ください。こたえは、1・2・3・4から いちばん いい ものを 一つ えらんで ください。

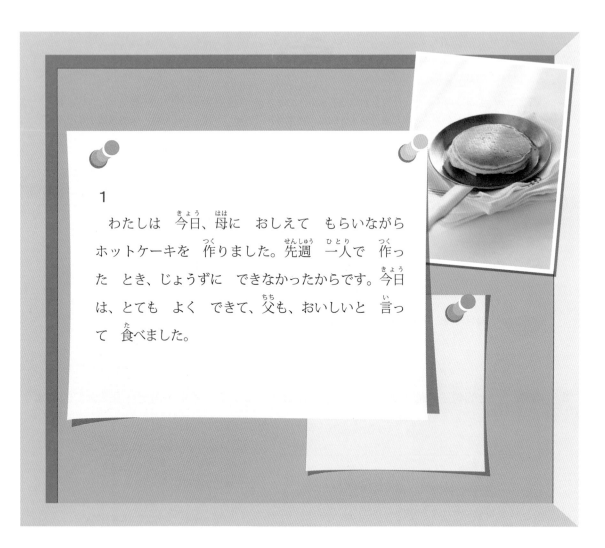

1

　わたしは 今日、母に おしえて もらいながら ホットケーキを 作りました。先週 一人で 作った とき、じょうずに できなかったからです。今日は、とても よく できて、父も、おいしいと 言って 食べました。

Q 「わたし」は、今日、何を しましたか。

① 母に おしえて もらって ホットケーキを 作りました。
② 一人で ホットケーキを 作りました。
③ 父と いっしょに ホットケーキを 作りました。
④ 父に ホットケーキの 作りかたを ならいました。

2

昨日は、そぼの　たんじょうびでした。そぼは、父の　お母さんで、もう、90歳に　なるのですが、とても　元気です。両親が　仕事に、わたしと　弟が学校に　行った　あと、毎日　家で　そうじや　せんたくを　したり、夕ご飯を　作ったり　して、はたらいて　います。

母は、夕飯に、そぼの　すきな　りょうりを　作りました。父は、新しい　ラジオを　プレゼントしました。わたしと　弟は、ケーキを　買って　きて、ろうそくを　9本　立てました。

そぼは　お酒を　少し　のんだので、赤い　顔をして　いましたが、とても、うれしそうでした。これからも　ずっと　元気で　いて　ほしいです。

(1)　そぼの　たんじょうびに、父は　何を　しましたか。

❶　そぼの　すきな　りょうりを　作りました。
❷　新しい　ラジオを　プレゼントしました。
❸　たんじょうびの　ケーキを　買いました。
❹　そぼが　すきな　お酒を　買いました。

(2)　わたしと　弟は　ケーキを　買って　きて、どう　しましたか。

❶　ケーキを　切りました。
❷　ケーキに　立てた　ろうそくに　火を　つけました。
❸　ケーキに　ろうそくを　90本　立てました。
❹　ケーキに　ろうそくを　9本　立てました。

請閱讀下列 1 跟 2 的文章，並回答問題。請從 1、2、3、4 中，選出一項最適當的答案。

1
　　我今天在媽媽按部就班的指導之下做了鬆餅。因為上星期我自己一個做的時候，沒有做得很成功。今天做得很好，爸爸也邊吃邊稱讚說很好吃。

「我」今天做了什麼呢？
① 在媽媽的指導下做了鬆餅。
② 自己一個人做了鬆餅。
③ 和爸爸一起做了鬆餅。
④ 向爸爸學了鬆餅的製作方法。

答え／1

　　這篇文章是由三個句子所組合而成的。選項 1 符合第一句的內容。像「もらって」這樣的「動詞＋て」的句型，可以運用在各種情況中，這裡是用於表示後半段的方法或手段。第一句中的「もらいながら」表示複數動作的同時進行，雖然和「もらって」不同，但說的其實是近似的意思。由於鬆餅是和媽媽一起做的，因此選項 2 和 3 是錯的。此外，做法是媽媽教的，因此選項 4 也是錯的。

メモ

2

昨天是祖母的生日。祖母是我爸爸的母親，雖然已經高齡 90 歲了，但還是非常硬朗。每天爸媽去上班、我和弟弟去上學以後，祖母就在家裡打掃、洗衣服以及做晚飯，忙著做家事。

媽媽晚飯做了祖母喜歡的菜餚，爸爸送了 1 台新的收音機當作禮物，我和弟弟買來蛋糕，插上了 9 根蠟燭。

由於祖母喝了一點酒，臉都變紅了，但是她非常開心。希望祖母往後依然永遠老當益壯。

(1) 在祖母的生日這天，爸爸做了什麼事呢？
 ❶ 做了祖母喜歡的菜餚。
 ❷ 送了 1 台新的收音機當作禮物。
 ❸ 買了生日蛋糕。
 ❹ 買了祖母喜歡的酒。

解讀　　　　　　　　　答え／ 2

這篇文章的結構如下：
第一段：昨天是祖母的生日，以及介紹祖母
第二段：家人個別為祖母做了什麼事
第三段：祖母看起來很高興，希望祖母往後永遠老當益壯
其中，家人各別為祖母做了什麼事寫在第二段裡。爸爸做的事情是第二句。文章中的敘述和選項 2 幾乎完全相同，應該很容易就能答對了。

(2) 我和弟弟買來蛋糕以後，怎麼處理呢？
 ❶ 切了蛋糕。
 ❷ 將插在蛋糕上的蠟燭點燃了。
 ❸ 在蛋糕上插了 90 根蠟燭。
 ❹ 插在蛋糕上插了 9 根蠟燭。

解讀　　　　　　　　　答え／ 4

同樣地，文章中包含下加底線部分的句子，與選項 4 的敘述幾乎一模一樣，應該很容易就能答對了。此外，「ろうそく」和「立てる」的難度超出 N5 等級，現在還不用記起來。

1 內文出現的文法

動詞ながら
一邊…一邊…。

以「動詞ます形＋ながら」的形式，表示同一主體同時進行兩個動作，此時後面的動作是主要的動作，前面的動作為伴隨的次要動作，如例（1）；也可使用於長時間狀態下，所同時進行的動作，如例（2）。

① テレビを見ながらおやつを食べます。
　　一面看電視節目一面吃零食。

② 働きながら大学を出ました。
　　一邊工作一邊上大學。

〔狀態、情況〕＋で
在…、以…。

表示在某種狀態、情況下做後項的事情。

□ 家中の掃除を一人でやりました。
　　一個人打掃完整個家。

もう＋肯定
已經…了。

和動詞句一起使用，表示行為、事情到某個時間已經完了。用在疑問句的時候，表示詢問完或沒完。

□ 宿題はもうやりました。
　　作業已經寫完了。

〈比較文法〉

もう＋否定　已經不…了。

「否定」後接否定的表達方式，表示不能繼續某種狀態了。一般多用於感情方面達到相當程度。

□ もう子どもではありません。
　　已經不再是孩子了。

2　副詞

▶ あまり ／（後接否定）不太…	▶ いちいち／――	▶ 一番（いちばん）／最初；最好	▶ いつも／總是；平常
▶ すぐ（に）／馬上	▶ 少（すこ）し／稍微，一點點	▶ 全部（ぜんぶ）／全部	▶ 大抵（たいてい）／大多
▶ 大変（たいへん）／非常	▶ たくさん／很多	▶ たぶん／大概	▶ だんだん／漸漸地
▶ ちょうど／剛好	▶ ちょっと／稍微	▶ どう／怎麼	▶ どうして／為什麼
▶ どうぞ／請	▶ どうも／實在（很感謝）	▶ 時々（ときどき）／有時	▶ とても／非常
▶ なぜ／為何	▶ 初（はじ）めて／最初	▶ 本当（ほんとう）に／真正	▶ また／又，再
▶ まだ／還，尚	▶ まっすぐ／筆直	▶ もう／另外，再	▶ もう／已經
▶ もっと／更加	▶ ゆっくり（と）／慢慢地	▶ よく／經常	▶ いかが／如何

3　歲數

▶ 1歳（いっさい）／一歲	▶ 2歳（にさい）／兩歲	▶ 3歳（さんさい）／三歲	▶ 4歳（よんさい）／四歲
▶ 5歳（ごさい）／五歲	▶ 6歳（ろくさい）／六歲	▶ 7歳（ななさい）／七歲	▶ 8歳（はっさい）／八歲
▶ 9歳（きゅうさい）／九歲	▶ 10歳（じゅっさい）・10歳（じっさい）／十歲	▶ 20歳（はたち）／二十歲	

MEMO

休閒．娛樂篇

1 はなしを きいて、せんたくしの 1から4の なかから、いちばん いい ものを ひとつ えらんで ください。

> 1
>
> 自分の部屋のそうじをしました

> 2
>
> せんたくをしました

> 3
>
> 母と出かけました

> 4
>
> 母にハンカチを返しました

2 えを みながら しつもんを きいて ください。 ➡（やじるし）の ひとは、なんと いいますか。 1から3の なかから、いちばん いい ものを ひとつ えらんで ください。

男の人と女の人が話しています。

男士和女士正在交談。

M　昨日の日曜日は、何をしましたか。

昨天的星期天，妳做了哪些事呢？

F　いつも、日曜日は、自分の部屋のそうじをしたり、洗濯をしたりするのですが、昨日は母とデパートに行きました。

我平常星期天會打掃打掃自己的房間、洗洗衣服，不過昨天和媽媽去了百貨公司。

M　そうですか。何か買いましたか。

這樣喔。買了什麼東西嗎？

F　いいえ、何も買いませんでした。あ、ハンカチを1枚だけ買いました。

沒有，什麼也沒買，……啊，只買了一條手帕。

女の人は、昨日、何をしましたか。

請問這位女士昨天做了哪些事呢？

單　字

昨日／昨天

日曜日／星期日

いつも／平常

自分／自己

そうじ／打掃

洗濯／洗衣服

買う／購買

ハンカチ／手帕

～枚／（計算平薄的東西）…條，…張

だけ／只…

選項翻譯

1　打掃了自己的房間	2　洗了衣服
3　和媽媽出門了	4　把手帕還給了媽媽

● 與「做了什麼」相關的說法

カンさんは、休みにどこかへ行きましたか。 姜先生在休假時去了什麼地方呢？	ゆうべは寛さんと一緒にテニスをしました。 昨天和寬兄一起去打了網球。
土曜日は働いて、日曜日は遊びました。 星期六工作，星期天去玩了。	おとといは休みじゃなかったんです。 前天並不是休假日。

答え／3

解說

聽力題目常考「某人做了什麼」，要小心對話會出現好幾件事情來干擾作答。例如，選項1、2都出現在對話中，但那是女士平常星期天會做的事，不符合題目問的「昨日」（昨天）。因為她提到「昨日は母とデパートに行きました」（昨天和媽媽去了百貨公司），所以答案是3。「デパートに行きました」換句話說就是選項3的「出かけました」（出門了）。另外，雖然女士還提到昨天買了條「ハンカチ」（手帕），但這件事並沒有出現在選項中。

友だちと映画に行きたいです。何と言いますか。
你想要和朋友去看電影。請問這時該說什麼呢？

M　　(1)　映画を見ましょうか。
　　　　　我們來看電影吧！

　　　(2)　映画を見ますね。
　　　　　要去看電影囉！

　　　(3)　映画を見に行きませんか。
　　　　　要不要去看電影呢？

● 表示「想要、希望」的說法

私のやりたいスポーツは水泳です。
我想做的運動是游泳。

お正月はゆっくり寝たいです。
過年期間想好好睡個飽。

あのう、明日、学校を休みたいんですが。
不好意思，明天上課想請假一天……。

一番ほしいものは、車です。
最想要的東西是車子。

解説

答え／3

表示提議、邀請對方一起做某事時，可以用選項1的「～ましょうか」（我們…吧），或3的「～ませんか」（要不要…）。但「～ましょうか」是用在認為對方大概也希望這麼做的情況，例如朋友來家裡玩，打算先吃飯再看電影，所以吃完飯後，就可以說選項1的內容。而「～ませんか」用在不確定對方怎麼想的時候，這時一方面提出邀約，一方面將決定權交給對方，是比「～ましょうか」更加客氣的說法，所以答案是3。

9

1 （ ）に 何を 入れますか。1・2・3・4から いちばん いい ものを 一つ えらんで ください。

---

① A「へやには だれか いましたか。」
　 B「いいえ、（ ） いませんでした。」

| ① だれが | ② だれに | ③ だれも | ④ どれも |

---

② A「（ ） 飲み物は ありませんか。」
　 B「コーヒーが ありますよ。」

　① 何か　　　② 何でも
　④ 何が　　　③ どれか

---

③ 山田「田上さん、きょうだいは？」
　 田上「兄は います（ ）、弟は いません。」

| ① から | ② ので | ③ で | ④ が |

---

④ たんじょうびに、おいしい ものを たべ（ ） のんだり しました。

| ① たり | ② て | ③ たら | ④ だり |

2 ___ に 何を 入れますか。1・2・3・4の 番号を ならべて ください。

❶ A「日曜日には どこかへ 行きましたか。」
   B「いいえ。〔 (1) 行きません (2) も (3) どこ (4) へ 〕 でした。」

 →  → →

❷ これは 〔 (1) 作った (2) の (3) 妹 (4) ケーキ 〕 です。

→ → →

❸ 12時なので、〔 (1) おひるごはん (2) を (3) に (4) 食べ 〕 行きます。

→ → →

❹ A「しごとは まだ 終わりませんか。もう 8時ですよ。」
   B「8時ですか。〔 (1) もう (2) 今日は (3) 帰ります (4) じゃあ、 〕。」

→ → →

1 （　　）該填入什麼呢？請從 1、2、3、4 中，選出一項最適當的答案。

疑問詞＋も＋否定（完全否定）　「也（不）…」。

A「へやには　だれか　いましたか。」
「剛才房間裡有誰在嗎？」

B「いいえ、（だれも）　いませんでした。」
「沒有，（誰也）不在。」

答え／ 3

● 解說

這一題的考點在能不能用「だれも～ない」這個句型，當然也要注意後面的時間是用過去式。看到 B 回答「いいえ」跟「いませんでした」，知道這裡需要表示全面否定的句型「疑問詞＋も＋否定」，所以先保留選項 3、4。其中，「います／いません」用在有生命的人或動物，所以不可以選問何物的「どれも」（哪個也…），要選問何人的「だれも」（誰也…），答案是 3。

れい　誰もそのことを知りませんでした。
誰都不知道那件事。

〔疑問詞〕＋か　　表示不明確、不肯定，或沒必要說明的事物。

A「（何か）　飲み物は　ありませんか。」
「有沒有（什麼）飲料呢？」

B「コーヒーが　ありますよ。」
「有咖啡喔！」

答え／ 1

● 解說

從問句知道 A 不確定有什麼「飲み物」（飲料），所以要用疑問詞「何」＋「か」，答案選 1。提問如果是「何か～か」，就用「（物）が～」來回答。

れい　いつか家を買いたいです。
希望有一天能買房子。

～は～が、～は～

「但是…」。

山田「田上さん、きょうだいは？」
山田「田上先生有兄弟姊妹嗎？」

田上「兄は　います（が）、弟は　いません。」
田上「我（雖然）有哥哥，但是沒有弟弟。」

答え／ 4

● **解說**

從前面的「います」和後面的「いません」兩者的關係來看，知道空格要用逆接才適當，答案是 4 的「が」。「～が～」表示逆接，用在連接兩個對立的事物，前句跟後句內容是相對立的。

れい　先週は忙しかったですが、今週は暇です。
上星期非常忙碌，但這星期很清閒。

動詞たり、動詞たりします

「又是…，又是…」；「有時…，有時…」。

たんじょうびに、おいしい　ものを　たべ（たり）　のんだり　しました。
在慶生會上（又）吃又喝地享用了美食。

答え／ 1

● **解說**

看到後面「のんだり」，應該要馬上反應這一題在考「動詞たり、動詞たりします」（又…又…）這個句型，所以答案是 1。用這個句型可以表示動作並列，意思是從幾個動作之中，例舉出兩、三個有代表性的，並暗示還有其他的。

れい　お酒を飲んだりたばこを吸ったりします。
又喝酒又抽菸。

9

2 ＿＿＿＿該填入什麼呢？請從１、２、３、４依正確順序排列。

① A「日曜日には　どこかへ　行きましたか。」　　　　A「星期天有沒有去了哪裡玩呢？」
B「いいえ。どこへも　行きませんでした。」　　　　B「沒有。哪裡都沒去。」

答え／３→４→２→１

解說　動詞過去否定式敬體用「～ませんでした」，知道第四格要填選項１。「へ」可以用在表示行為的目的地，所以接在場所疑問代名詞「どこ」的後面。接著，用句型「疑問詞＋も＋否定」，表示全面否定，是「都（沒）…」的意思，所以知道前三格的正確語順是「どこへも」。請注意，日語中沒有「どこもへ」的說法喔！

② これは　妹の　作った　ケーキです。　　　　這是妹妹作的蛋糕。

答え／３→２→１→４

解說　這題用單字的意思來解題，可以猜到空格的意思是「妹妹作的蛋糕」，第一格是「妹」。而動詞普通形可以修飾名詞，所以「作った」會放「ケーキ」前面。接著看選項２「の」的位置，由於在「妹が作ったケーキ」這種修飾名詞（ケーキ）的句節裡，可以用「の」代替「が」，所以２要放３跟１中間。答案是「３→２→１→４」。

③ 12時なので、おひるごはんを　食べに　行きます。　　12點了，所以要去吃中飯。

答え／１→２→４→３

解說　由選項１跟４的關係來看，知道中間要放選項２的助詞「を」，表示「おひるごはん」（中飯）是動作「食べ」（吃）所涉及的對象。接著，從表示動作目標的文法「目的＋に行きます」，知道選項３的「に」會放第四格，前面的「食べ」就是動作「行きます」的目標囉，所以正確語順是「１→２→４→３」。

④ A「しごとは　まだ　終わりませんか。もう　8
時ですよ。」　　　　　　　　　　　　　　　A「工作還沒結束嗎？已經８點了喔！」
B「8時ですか。じゃあ、もう　今日は　帰りま　　B「８點了嗎？那我今天要回去了。」
す。／じゃあ、今日は　もう　帰ります。」

答え／　４→１→２→３ 或 ４→２→１→３

解說　「じゃ」「じゃあ」「では」用在發話或文章的開頭時，表示「それでは」（那麼，那就）的意思。通常用在承接對方說的話，自己也說了一些話，或表示告了一個段落，所以選項４一定會用在開頭。選項３是述語，放句子後半部，表示對前面的主語作說明、描述。選項１跟２的順序可以對調，所以正確語順是「４→１→２→３」或「４→２→１→３」。

1 來看看與「娛樂」相關的單字吧。

預習 えいが おんがく レコード テープ ギター うた え カメラ しゃしん フィルム パーティー

● 映画（えいが）／電影　　● 音楽（おんがく）／音樂　　● レコード／唱片　　● テープ／卡帶

● ギター／吉他　　● 歌（うた）／歌、歌曲　　● 絵（え）／圖畫　　● カメラ／照相機

● 写真（しゃしん）／照片　　● フィルム／底片　　● パーティー／宴會

2 來看看與「休閒場所」相關的單字吧。

映画館（えいがかん）／電影院　　喫茶店（きっさてん）／咖啡店　　公園（こうえん）／公園

3 來看看與「動、植物」相關的單字吧。

❶ 木（き）／樹木 　　❷ 鳥（とり）／鳥 　　❸ 犬（いぬ）／狗 　　❹ 猫（ねこ）／貓

❺ 花（はな）／花 　　❻ 魚（さかな）／魚 　　❼ 動物（どうぶつ）／動物

1　___の　ことばは　どう　かきますか。1・2・3・4から　いちばん　いい　ものを
ひとつ　えらんで　ください。

---

①　わたしは　<u>ほん</u>を　よむのが　すきです。

① 木
② 本
③ 末
④ 未

---

②　<u>ごご</u>から　友だちと　えいがに　行きます。

① 五後　　② 午後　　③ 後午　　④ 五語

---

③　まいあさ、たいしかんの　まわりを　<u>散歩</u>します。

① さんぼう　　② さんほ　　③ さんぽ　　④ さんぼ

2　（　）に　なにを　いれますか。1・2・3・4から　いちばん　いい　ものを　ひとつ　えらんで　ください。

　あには　おんがくを　（　　　）　べんきょうします。

❶ ききながら　　❷ うちながら　　❸ あそびながら　　❹ ふきながら

❷　なつやすみに　ほんを　五（　　　）　よみました。

❶ ほん
❷ まい
❸ さつ
❹ こ

3　＿＿の　ぶんと　だいたい　おなじ　いみの　ぶんが　あります。1・2・3・4から　いちばん　いい　ものを　ひとつ　えらんで　ください。

❶　その　えいがは　つまらなかったです。

❶ その　えいがは　おもしろく　なかったです。
❷ その　えいがは　たのしかったです。
❸ その　えいがは　おもしろかったです。
❹ その　えいがは　しずかでした。

1　　　上的詞彙該如何書寫呢？請從 1 、 2 、 3 、 4 中，選出一項最適當的答案。

① わたしは　本を　よむのが　すきです。　　　我喜歡看書。

答え／2

解說　「ほん」是漢字「本」的音讀，在這裡是「書」的意思。請特別留意，日文漢字「書」也可以表示「書」的意思，但這時通常會跟其他字合併使用，如「じしょ／辞書（辭典）」。

② 午後から　友だちと　えいがに
行きます。　　　下午和朋友去看電影。

答え／2

解說　「ご」、「ご」分別是「午」、「後」兩字的音讀。單字意思大致與中文相同，但兩者讀音一樣，所以要小心別把字的順序看錯了，正確順序是「午後」，不是「後午」。

③ まいあさ、たいしかんの　まわりを　散歩します。　　　每天早上會沿著大使館的周圍散步。

答え／3

解說　「散」與「歩」合起來，表示「散步」的意思，用音讀，唸作「さんぽ」。請特別注意，「歩」音讀是「ほ」，由於連濁的關係唸作「ぽ」（不是「ぼ」）。另外，「歩く（走路）」用訓讀，唸作「あるく」。請注意「歩」的寫法，比中文「步」多了一筆。

メモ

2 （　）該填入什麼呢？請從 1、2、3、4 中，選出一項最適當的答案。

1

あには　おんがくを　ききながら　べんきょうします。

1　ききながら
2　うちながら
3　あそびながら
4　ふきながら

我哥哥一邊聽音樂一邊讀書。

1　一邊聽
2　一邊打
3　一邊玩
4　一邊吹

答え／3

解說　日語中，表示「聽音樂」動詞用「きく」，所以從「おんがく」（音樂），可以知道答案是「ききながら」。其中，句型「動詞ながら」表示同一主體同時進行兩個動作。

2

なつやすみに　ほんを　五さつ　よみました。

1　ほん
2　まい
3　さつ
4　こ

這個暑假裡我讀了5本書。

1　支
2　張
3　本
4　個

答え／1

解說　這一題在考量詞的用法。在日語中，表示「ほん」（書）的數量時，必須用「〜さつ」（…本）。

3 有和＿＿＿上的句子意思大致相同的句子。請從 1、2、3、4 中，選出一項最適當的答案。

1

その　えいがは　つまらなかったです。

1　その　えいがは　おもしろく　なかったです。
2　その　えいがは　たのしかったです。
3　その　えいがは　おもしろかったです。
4　その　えいがは　しずかでした。

那部電影很無聊。

1　那部電影並不有趣。
2　那部電影很有意思。
3　那部電影很有趣。
4　那部電影很安靜。

答え／1

解說　這題的考點是形容詞的意思和活用變化。解題關鍵字「つまらなかった」，是將「つまらない」（無聊的）詞尾「い」改成「かっ」，接著加上「た」，也就是過去式。接著，找出「つまらない」的類義詞或反義詞。先看選項 1 的「おもしろくなかった」，是將「おもしろい」（有趣的）詞尾「い」轉變成「く」，再把表示現在否定的「ない」改成「なかっ」，然後加上「た」，也就是過去否定形。剛好「つまらない」的反義詞是「おもしろい」，所以「つまらなかった」就等於「おもしろくなかった」，答案是 1。

1 つぎの ぶんしょうを 読んで、しつもんに こたえて ください。こたえは、1・2・3・4から いちばん いい ものを 一つ えらんで ください。

everyday extra agency online file

address: http://www.bibo.com

Search

Seacsh　Photo　Map　Mail　Play　News　Youtube　Movie　Blog

今日は、午前中で 学校の テストが 終わったので、昼ごはんを 食べた あと、いえに かえって ピアノの れんしゅうを しました。明日は、友だちが わたしの うちに 来て、いっしょに テレビを 見たり、音楽を 聞いたり します。

Q 「わたし」は、今日の 午後、何を しましたか。

① 学校で テストが ありました。

② ピアノを ひきました。

③ 友だちと テレビを 見ました。

④ 友だちと 音楽を 聞きました。

2　「図書館のきまり」を　見て、下の　しつもんに　こたえて　ください。こたえは、1・2・3・4から　いちばん　いい　ものを　一つ　えらんで　ください。

Q　田中さんは　3月9日、日曜日に　本を　3冊　借りました。
何月何日までに　返しますか。

① 3月23日　　　② 3月30日
③ 3月31日　　　④ 4月1日

図書館のきまり

○　時間　　午前9時から午後7時まで
○　休み　　毎週 月曜日

*また、毎月30日（2月は28日）は、お休みです。

○　1回に、一人3冊までかりることができます。
○　借りることができるのは3週間です。

*3週間あとの日が図書館の休みの日のときは、その次の日までにかえしてください。

9

讀解練習
Reading

CHECK

1

2

3

1　請閱讀下列文章，並回答問題。請從 1 、 2 、 3 、 4 中，選出一項最適當的答案。

> MEMO
>
> 　　今天因為上午學校的考試結束了，所以在吃完午餐之後就回家練習鋼琴了。明天朋友要來我家一起看看電視、聽聽音樂。

「我」今天下午做了什麼呢？

① 在學校考了試。　　　　② 彈了鋼琴。
③ 和朋友看了電視。　　　④ 和朋友聽了音樂。

答え／2

> 解說
>
> 這篇文章是由兩個句子所組合而成的。以內容來看，可以分成三個部分：
> ①今天上午有考試
> ②吃完午餐之後就回家練習鋼琴了
> ③明天朋友要來我家
> 題目中的「今日の午後」，是指原文的「昼ごはんを食べたあと」。和②描述的內容相近的是選項 2，所以是答案。至於選項 1 說的是①，而選項 3 和 4 是將③描述成已經結束的事了。

2　請閱讀「圖書館相關規則」，並下列回答問題。請從 1 、 2 、 3 、 4 中，選出一項最適當的答案。

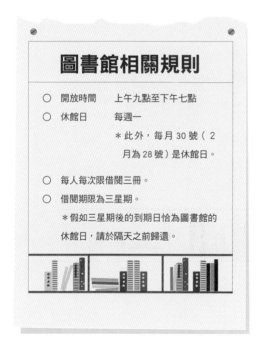

> # 圖書館相關規則
>
> ○　開放時間　　上午九點至下午七點
> ○　休館日　　　每週一
> 　　　　＊此外，每月 30 號（2 月為 28 號）是休館日。
>
> ○　每人每次限借閱三冊。
> ○　借閱期限為三星期。
> 　　　　＊假如三星期後的到期日恰為圖書館的休館日，請於隔天之前歸還。

田中先生在 3 月 9 號星期天借了 3 本書。
請問他在幾月幾號之前要歸還呢？

① 3 月 23 號。　　　　② 3 月 30 號。
③ 3 月 31 號。　　　　④ 4 月 1 號。

答え／4

> 解說
>
> 借書的日期是 3 月 9 號，可以借閱的期間是三個星期，所以只要在 30 號歸還就行了。但是，圖書館相關規則提到「毎月 30 日は、お休みです」以及「3 週間あとの日が図書館の休みの日のときは、その次の日までにかえしてください」，所以還書期限延到隔天的 31 號。不過，31 號是星期一，剛好遇到休館日，因此只要在 4 月 1 號之前還書就可以了。

1　內文出現的文法

じゅう、ちゅう

日語中有自己不能單獨使用，只能跟別的詞接在一起的詞，接在詞前的叫接頭語，接在詞尾的叫接尾語。「中（じゅう）／（ちゅう）」是接尾詞。雖然原本讀作「ちゅう」，但也讀作「じゅう」。至於讀哪一個音？那就要看前接哪個單字的發音習慣來決定了，如例（1）。也可用「空間＋中」的形式，如例（2）。

1　作文は明日中に書きます。
　　作文會在明天之內寫完。

2　家中、きれいに掃除しました。
　　把家裡打掃得一塵不染。

2　動詞 part1

会う／見面；遇見	上げる・挙げる／舉起	あげる／送給	遊ぶ／遊玩
浴びる／淋，浴	洗う／清洗	ある／（無生命物或植物）有；在	言う／講；説話
いる／（有生命的動物）有；在	いる／需要	歌う／唱（歌）	置く／放置
泳ぐ／游泳	終わる／結束	返す／歸還	掛ける／打（電話）
かぶる／戴（帽子等）	切る／切，裁剪	答える／回答	咲く／開（花）
差す／撐（傘等）	締める／繋（領帶等）	知る／知道	吸う／吸，抽
住む／居住	頼む／請求	違う／不同	使う／使用
疲れる／疲倦	着く／到達		

3　日期

一日／一號	一日／一天	二日／二號；兩天	三日／三號；三天	四日／四號；四天
五日／五號；五天	六日／六號；六天	七日／七號；七天	八日／八號；八天	九日／九號；九天
十日／十號；十天	二十日／二十號；二十天	カレンダー／日曆	誕生日／生日	

MEMO

1 はなしを きいて、せんたくしの 1から4の なかから、いちばん いい ものを ひとつ えらんで ください。

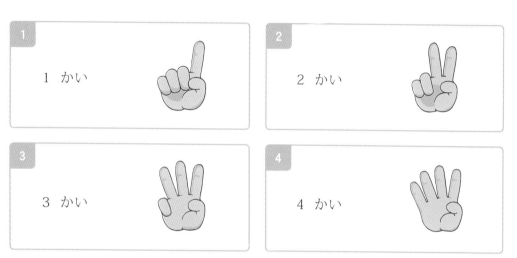

2 えを みながら しつもんを きいて ください。➡ (やじるし) の ひとは、なんと いいますか。1から3の なかから、いちばん いい ものを ひとつ えらんで ください。

(10-1)

病院で、医者と男の人が話しています。
醫院裡醫師和男士正在交談。

10 聽力測驗 Listening CHECK 1 2 3

F　　この薬は、食事の後飲んでくださいね。
　　　這種藥請在飯後服用喔。

M　　3度の食事の後、必ず飲むのですか。
　　　請問是三餐飯後一定要服用嗎？

F　　そうです。朝と昼と夜の食事のあとに飲むのです。1週間分出しますので、忘れないで飲んでくださいね。
　　　是的。早餐、中餐和晚餐之後服用。這裡開的是1星期的分量，請別忘了服用喔！

M　　わかりました。
　　　我知道了。

男の人は、1日に何回薬を飲みますか。
請問這位男士一天該服用幾次藥呢？

選項翻譯
1　1次　　　　2　2次　　　　3　3次　　　　4　4次

單字

病院／醫院
医者／醫生
食事／用餐
飲む／吃（藥）；喝
〜度／…次
必ず／一定
昼／中午
〜週間／…星期
出す／開出
忘れる／忘記

● 與就醫相關的說法

お昼ご飯の後に飲む薬は、一つだけです。 吃完午飯後要服用的藥只有一種。	白い薬は、寝る前も飲みます。 白色的藥在睡前也要服用。
1 **2**	
3 **4**	
男の人は、なぜ病院に来ましたか。 男士為什麼來醫院了呢？	薬を飲むのを忘れたときは、どうしますか。 忘了吃藥的時候，該怎麼辦呢？

答え／3

解說

遇到這種考次數的題型，當題目問「男士一天該服用幾次藥」，就要仔細聽對話中每一個必須吃藥的時間點。男士問是不是「3度の食事の後」（三餐飯後）一定要吃藥，女醫師明確回覆「朝と昼と夜の食事の後」（早餐、中餐和晚餐之後）要吃藥，所以答案是3。請注意，日語中「吃藥」的動詞要用「飲む」喔！

前を歩いていた男の人が、電車の切符を落としました。何と言いますか。

走在前方的那位男士掉了電車車票。請問這時該對他說什麼呢？

F (1) 切符落としちゃだめじゃないですか。
怎麼可以把車票弄掉了呢？

(2) 切符なくしましたよ。
車票不見了喔！

(3) 切符落としましたよ。
車票掉了喔！

	單 字
歩く／走路	
電車／電車	
切符／票，車票	
落とす／掉下	
なくす／弄丟	

10
聽力測驗 Listening

CHECK
1
2
3

● 與「發生問題、麻煩」相關的說法

うちの子がいなくなりました。
我家的孩子不見了！

あれ、ジュースが 1 本しかありませんね。
咦，果汁只剩下 1 瓶了耶！

拓也はちょっと風邪で寝ています。
拓也有點感冒，正在睡覺。

時間がなくて、お昼ご飯を食べませんでした。
由於沒時間，所以沒吃午餐。

解説

答え／3

選項 1 的說法對陌生人而言，很明顯是不禮貌的；選項 2「なくしました」（不見了）通常用在錢包等重要的物品遺失在某處，並想不起來是掉在哪裡，也是錯誤的；至於選項 3，「落としました」（掉下）表示對方不知不覺讓東西掉了下來，陳述的是眼前看到事實，所以是答案。另外，最後面的「よ」，表示想引起對方注意某事。

1　（　）に　何を　入れますか。1・2・3・4から　いちばん　いい　ものを　一つ
　えらんで　ください。

❶　すこし　つかれた（　）、ここで　やすみましょう。

❶　と
❷　のに
❸　より
❹　ので

❷　この　にくは　高いので、少し（　）　買いません。

❶　は　　　　❷　の
❸　しか　　　❹　より

❸　弟は　今日　かぜ（　）　ねて　います。

❶
を

❷
ので

❸
で

❹
へ

❹　A「赤い　目を　して　いますね。ゆうべは　何時に　寝ましたか。」
　　B「ゆうべは　（　）　勉強しました。」

❶　寝なくて　❷　寝たくて
❸　寝てより　❹　寝ないで

2 ⬚に 何を 入れますか。1・2・3・4の 番号を ならべて ください。

❶ この へやは とても [⑴ です ⑵ て ⑶ ひろく ⑷ しずか] ね。

⬚ ➜ ⬚ ➜ ⬚ ➜ ⬚

❷ （本屋で）
店員「どんな 本を さがして いるのですか。」
客「かんたん [⑴ えいごの ⑵ な ⑶ 本 ⑷ を] さがして います。」

⬚ ➜ ⬚ ➜ ⬚ ➜ ⬚

❸ A「[⑴ 家の ⑵ の ⑶ あなた ⑷ 近くに] 公園は ありますか。」
B「はい、とても ひろい 公園が あります。」

⬚ ➜ ⬚ ➜ ⬚ ➜ ⬚

❹ [⑴ 漢字を ⑵ お名前の ⑶ 教えて ⑷ ください]。

⬚ ➜ ⬚ ➜ ⬚ ➜ ⬚

1 （　　　）該填入什麼呢？請從 1、2、3、4 中，選出一項最適當的答案。

〜ので

「因為…」。

すこし　つかれた（ので）、ここで　やすみましょう。

我有點累了，我們在這裡休息吧。

答え／ 4

● 解説

從「すこしつかれた」（我有點累了）後，提議「やすみましょう」（我們休息吧），兩者之間的邏輯關係，知道是因果關係，所以空格要填入表示原因、理由的「〜ので」，答案是 4。「より」也可以表示原因、理由，但一般接在名詞後面，所以也不正確。

れい　暑いので、冷たいビールが飲みたいです。

由於很熱，所以想喝冰涼的啤酒。

しか＋〔否定〕

「只」、「僅僅」。

この　にくは　高いので、少し（しか）　買いません。

這種肉很貴，所以（只）買 1 點點。

答え／ 3

● 解説

這題的考點是「しか＋否定」表示限定的用法。看到「このにくは高いので」（因為這種肉很貴），所以只買「少し」。表示限定的意思「只…」，可以用「名詞＋しか＋否定」或「名詞＋だけ＋肯定」，因為題目最後面有「買いません」，所以答案是 3。句型「しか＋否定」含有不滿、遺憾的心情。「だけ」就比較沒有這樣情緒。

れい　お金はこれしか持っていません。

我只帶了這麼 1 點錢。

〔理由〕＋で

「因為…」。

弟おとうとは 今日きょう かぜ（で） ねて います。

弟弟今天（由於）感冒而在睡覺。

答え／ 3

● 解說

如果空格填入「を」或「へ」，意思不通，所以先刪掉選項1跟4。看到「ねています」（在睡覺）和前面「かぜ」（感冒）之間應該是因果關係，因此要用表示原因的「で」，所以答案是3。而選項2「～ので」前面要接動詞，如果接名詞時，必須用「名詞＋なので」的形式，但是題目句「かぜ」後面沒有「な」，所以不能選。

れい 病気びょうきで会社かいしゃを休やすみました。

由於生病而向公司請假了。

動詞ないで

「沒…就…」；「沒…反而…」、「不做…，而做…」。

A 「赤あかい 目めを して いますね。ゆうべは 何時なんじに 寝ねましたか。」

「你的眼睛是紅的哦。昨天晚上是幾點睡的呢？」

B 「ゆうべは （寝ねないで） 勉強べんきょうしました。」

「昨天晚上（沒有睡），一直在讀書。」

答え／ 4

● 解說

由A句的「赤い目をしていますね」，推測B可能會回答昨晚「很晚睡」或「沒有睡」，但沒有「很晚睡」的選項，所以答案要選表示「沒有睡」的4。句型「動詞否定形＋ないで」，表示同一個動作主體「在不…的狀態下，做…」。另外，容易跟「寝ないで」搞混的選項3「寝なくて」，意思是「因為沒睡，所以…」，因此不能選。

れい 宿題しゅくだいをしないで学校がっこうに行いきました。

沒做作業就去上學了。

2 ＿＿＿＿該填入什麼呢？請從 1、2、3、4 依正確順序排列。

① この　へやは　とても　<u>ひろくて　しずか</u>ですね。　　這個房間非常寬敞並且安靜呢。

答え／3→2→4→1

解說　看到選項有形容詞「ひろく」跟形容動詞「しずか」，可以馬上反應連接這兩個選項，要用句型「形容詞詞幹くて＋形容動詞」，所以知道「て」、「ひろく」、「しずか」重新排列後是「ひろくてしずか」。接著，剩下的「です」接在「しずか」後面，是敬體表現，所以「です」要放第四格。正確順序是「3→2→4→1」。

② （本屋で）
店員「どんな　本を　さがして　いるのですか。」
客「<u>かんたんな　えいごの　本を</u>　さがして　います。」

（在書店裡）
店員「請問您在找哪本書嗎？」
顧客「我在找淺顯易懂的英文書。」

答え／2→1→3→4

解說　這題可以先看第四格，因為後面的「探す」（尋找）是他動詞，前面接的目的語必須搭配「を」。再從問句來看，可以知道「さがして」前面接的目的語是「本」（書），所以第三、四格合併後就是「本を」。接著，由「店員」的提問，推測「客」的回答大概會是描述某種類型的書，所以從「かんたん」到第二格，應該是對「本」的形容。因為「かんたん」是形容動詞，後面接名詞時，詞尾用「な」，所以「な」要放第一格。再把「えいごの」放在第二格，整句話意思通順，所以正確語順是「2→1→3→4」。

③ A「<u>あなたの　家の　近くに</u>　公園は　ありますか。」
B「はい、とても　ひろい　公園が　あります。」

A「<u>你家附近有公園嗎？</u>」
B「有，有一座非常大的公園。」

答え／3→2→1→4

解說　「の」（的）可以連接兩個名詞，表示用名詞修飾名詞，所以選項2「の」一定會接在3的「家」（家）之後。接下來看可能的語順排列有「家のあなたの近くに」、「家の近くにあなたの」、「あなたの家の近くに」、「あなたの近くに家の」、「近くに家のあなたの」或「近くにあなたの家の」，但只有第三個放回原句意思才通順，所以答案是「3→2→1→4」。

④ <u>お名前の　漢字を　教えて</u>　ください。　　<u>請告訴我您名字的漢字。</u>

答え／2→1→3→4

解說　因為句型「動詞て形＋ください」，表示請求、指示或命令某人做某事，所以知道「教えて」後面要接「ください」，要放第三、四格。再來看其他選項，選項1「漢字を」放他動詞「教えて」的前面，代表「漢字」是「教えて」這個動作的目的語，所以第二格放1。選項2「お名前の」的「の」可以修飾後面的「漢字」，說明「漢字」具體內容。正確語順是「2→1→3→4」。

1 　來看看與「身體部位」相關的單字吧。

> 預習
>
> | あたま | て |
> | かお | おなか |
> | みみ | あし |
> | め | からだ |
> | はな | せ・せい |
> | くち | い |
> | は | こえ |

① 頭（あたま）／頭
② 顔（かお）／臉
③ 耳（みみ）／耳朵
④ 目（め）／眼睛
⑤ 鼻（はな）／鼻子
⑥ 口（くち）／嘴巴
⑦ 歯（は）／牙齒

⑧ 手（て）／手
⑨ おなか／肚子
⑩ 足（あし）／腳
⑪ 体（からだ）／身體
⑫ 背・背（せ・せい）／身高
⑬ 声（こえ）／〈人或動物的〉聲音

2 　來看看與其他相關的單字吧。

> 預習
>
> ニュース
> はなし
> びょうき
> かぜ
> くすり

① ニュース／新聞

② 話（はなし）／談話

③ 病気（びょうき）／疾病

④ 風邪（かぜ）／感冒

⑤ 薬（くすり）／藥

1 　＿の　ことばは　どう　かきますか。1・2・3・4から　いちばん　いい　ものを
ひとつ　えらんで　ください。

① 　<u>て</u>を　あげて　こたえました。

① 手
② 牛
③ 毛
④ 未

② 　その　<u>くすり</u>は　ゆうはんの　あとに　のみます。

① 葉
② 薬
③ 楽
④ 草

③ 　<u>暑い</u>　まいにちですが、おげんきですか。

① さむい	② あつい	③ つめたい	④ こわい

2　（ ）に　なにを　いれますか。1・2・3・4から　いちばん　いい　ものを　ひとつ　えらんで　ください。

❶　あたまが　いたいので、これから　（　　　）に　いきます。

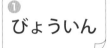 ❶ びょういん

 ❷ びよういん

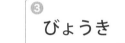 ❸ びょうき

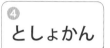 ❹ としょかん

❷　（　　　）を　ひいたので、くすりを　のみました。

❶　かぜ
❷　びょうき
❸　じしょ
❹　せん

3　＿＿＿の　ぶんと　だいたい　おなじ　いみの　ぶんが　あります。1・2・3・4から　いちばん　いい　ものを　ひとつ　えらんで　ください。

❶　<u>あねは　からだが　つよく　ないです。</u>

❶　あねは　からだが　じょうぶです。
❷　あねは　からだが　ほそいです。
❸　あねは　からだが　かるいです。
❹　あねは　からだが　よわいです。

10

1 ＿＿上的詞彙該如何書寫呢？請從 1、2、3、4 中，選出一項最適當的答案。

1

て
手を あげて こたえました。

→ 舉起<u>手</u>回答了。

答え／1

「て」是漢字「手」的訓讀。單字意思與中文相同，但背單字時要小心別把假名「て」跟「そ」搞混了。

2

くすり
その 薬は ゆうはんの あとに のみます。

→ 這種<u>藥</u>要在晚飯後服用。

答え／2

「くすり」是漢字「薬」的訓讀。請特別留意，寫法跟中文的「藥」字不同。

3

あつ
暑い まいにちですが、おげんきですか。

→ 每天<u>暑</u>熱逼人，您是否安好呢？

答え／2

有語尾活用變化的字，唸法通常是訓讀，「暑い」用訓讀，讀作「あつい」。表示氣溫高用「暑い」，它的反義詞是「寒い／さむい（寒冷的）」；表示其他物品溫度高時，用「熱い／あつい（熱的，燙的）」，它的反義詞是「冷たい／つめたい（冰涼的）」。

メモ

2　（　）該填入什麼呢？請從 1、2、3、4 中，選出一項最適當的答案。

あたまが　いたいので、これから　びょういんに
いきます。
1　びょういん　　　2　びよういん
3　びょうき　　　　4　としょかん

→ 頭很痛，所以現在要去醫院。
　1　醫院　　　　2　美容院
　3　疾病　　　　4　圖書館

答え／ 1

看到表示理由的「～ので」，就可以從前面的「あたまがいたい」（頭很痛），猜出要去的地
方是「びょういん」（醫院），所以答案是 1。作答時，題目及選項都請看仔細，小心別選錯
選成選項 2 的「びよういん」（美容院）囉。

かぜを　ひいたので、くすりを　のみました。
1　かぜ
2　びょうき
3　じしょ
4　せん

→ 染上感冒了，所以吃了藥。
　1　感冒
　2　疾病
　3　辭典
　4　線

答え／ 1

從後面的「くすりをのみました」（吃了藥），可以推測「～ので」前面的理由是生病、感冒
了。因為「感冒」的日語說成「かぜをひく」，所以答案選 1。另外，表示「染上疾病」的日
語會用「びょうきになる」，所以選項 2 不能選。

3　有和＿＿上的句子意思大致相同的句子。請從 1、2、3、4 中，選出一項最適當的答案。

あねは　からだが　つよく　ないです。
1　あねは　からだが　じょうぶです。
2　あねは　からだが　ほそいです。
3　あねは　からだが　かるいです。
4　あねは　からだが　よわいです。

→ 我姊姊身體不強健。
　1　我姊姊身體強壯。
　2　我姊姊身體纖瘦。
　3　我姊姊身體很輕。
　4　我姊姊身體孱弱。

答え／ 4

這題的考點是形容詞的意思和活用變化。解題關鍵字「つよくない」，是將「つよい」（強健
的）的詞尾「い」轉變成「く」，再接上「ない」，也就是否定形。「つよい」的反義詞是選
項 4「よわい」（孱弱的），所以「つよくない」和「よわい」意思大致相同，知道答案是 4。

つぎの　1と　2の　ぶんしょうを　読んで、しつもんに　こたえて　ください。こたえは、1・2・3・4から　いちばん　いい　ものを　一つ　えらんで　ください。

1

　　わたしは　学校の　かえりに、妹と　びょういんに　行きました。そぼが　びょうきを　して　びょういんに　入って　いるのです。

　　そぼは、ねて　いましたが、夕飯の　時間に　なると　おきて、げんきに　ごはんを　食べて　いました。

Q　「わたし」は、学校の　かえりに　何を　しましたか。

❶　びょうきを　して、びょういんに　行きました。
❷　妹を　びょういんに　つれて　行きました。
❸　びょういんに　いる　びょうきの　そぼに　会いに　行きました。
❹　びょういんで　妹と　夕飯を　食べました。

Reading

2

　きのうは、中村さんと　いっしょに　音楽会に　行く　日でした。音楽会は　1時半に　はじまるので、中村さんと　わたしは、1時に　池田駅の　花屋の　前で　会う　ことに　しました。

　わたしは、1時から、西の　出口の　花屋の　前で　中村さんを　まちました。しかし、10分すぎても、15分すぎても、中村さんは　来ません。わたしは、中村さんに　けいたい電話を　かけました。

　電話に　出た　中村さんは「わたしは　1時10分前から　東の　出口の　花屋の　前で　まって　いますよ。」と　言います。わたしは、西の　出口の　花屋の　前で　まって　いたのです。

　わたしは　走って　東の　出口に　行きました。そして、まって　いた　中村さんと　会って、音楽会に　行きました。

Q　(1)　中村さんが　来なかった　とき、「わたし」は　どう　しましたか。

① 東の　出口で　ずっと　まって　いました。

② 西の　出口に　行きました。

③ けいたい電話を　かけました。

④ いえに　かえりました。

(2)　中村さんは、どこで　「わたし」を　まって　いましたか。

① 西の　出口の　花屋の　前

② 東の　出口の　花屋の　前

③ 音楽会を　する　ところ

④ 中村さんの　いえ

10

請閱讀下列 1 跟 2 的文章，並回答問題。請從 1、2、3、4 中，選出一項最適當的答案。

1

　　我放學回家的途中和妹妹一起去了醫院。因為奶奶生病住在醫院裡。

　　奶奶本來在睡覺，但是到了晚飯的時間她就醒過來，而且很有精神地吃了飯。

「我」在放學回家途中做了什麼事呢？

❶ 生病去醫院了。

❷ 帶妹妹去了醫院。

❸ 去探視了生病住院的奶奶。

❹ 和妹妹在醫院吃了晚飯。

答え／3

題目問「わたし」放學以後做的事，相關敘述出現在原文第一段，因為提到「びょういんに行きました」、「そぼがびょうきをしてびょういんに入っている」，所以知道是去探視「びょういんにいるびょうきのそぼ」，答案選 3。

再看看可能很多人會選錯的選項 2，由於原文寫的是「妹とびょういんに行きました」，因此「わたし」和「妹」是對等的關係，兩人一起主動採取了「行く」的行動。選項 2「妹をびょういんにつれて行きました」的說法，暗示「わたし」是主導的人，而「妹」是被動的角色。像這樣的敘述方式，通常會用在當「妹」生病的時候，所以不符合這一題的情況。

2

　　昨天是我和中村小姐一起去聽音樂會的日子。因為音樂會是從1點半開始，所以中村小姐和我約好了1點在池田車站的花店門前碰面。

　　我從1點開始，便在車站西出口的花店前等候中村小姐。可是，過了10分鐘、15分鐘，中村小姐還是沒來。我撥了中村小姐的行動電話。

　　接了電話的中村小姐說：「咦，我從12點50分就一直在東出口的花店前面等著耶！」然而，我一直在西出口的花店前面等她。

　　我於是跑去了東出口。這才和等在那裡的中村小姐見到面，一起去聽音樂會了。

⑴　中村小姐一直沒來的時候，「我」採取了什麼行動呢？
　　❶ 一直在東出口等著她。
　　❷ 去了西出口。
　　❸ 撥了她的行動電話。
　　❹ 回家了。
　　　　　　　　　　　　　　　　答え／3

解說　在第二段的第二句話中提到「中村さんは来ません」，緊接著第三句話是「わたしは、中村さんにけいたい電話をかけました」，所以答案是3。

⑵　中村小姐一直在哪裡等「我」呢？
　　❶ 西出口的花店前面
　　❷ 東出口的花店前面
　　❸ 舉辦音樂會的地方
　　❹ 中村小姐家
　　　　　　　　　　　　　　　　答え／2

解說　在第三段裡，「中村さん」敘述自己在「東の出口の花屋の前」等著，正確答案選2。

1　內文出現的文法

形容動詞に＋動詞

形容動詞詞尾「だ」改成「に」，可以修飾句子裡的動詞。

☐ 人の話はまじめに聞いてください。

　　請仔細聽人家講話！

2　其它相關單字

動詞 part2

作る／做，造	つける／點燃	勤める／任職	できる／辦得到
止まる／停止	取る／拿取	撮る／拍攝	鳴く／（鳥，獸，蟲等）叫，鳴
なくす／弄丟	なる／變成	登る／登	履く／穿（鞋，襪，褲子等）
走る／跑步	貼る・張る／貼上	弾く／彈奏	吹く／（風）刮，吹
降る／下（雨，雪等）	曲がる／轉彎	待つ／等待	磨く／刷洗
見せる／讓…看	見る／看	申す／叫做	持つ／帶
やる／做	呼ぶ／呼叫	渡る／過（河、橋等）	渡す／交給

1　這些文法一起記下來吧！

いくつ（個數、年齡）
「幾個」、「多少」；「幾歲」。

表示不確定的個數，只用在問小東西的時候，如例（1）；也可以詢問年齡，如例（2）；
「おいくつ」的「お」是敬語的接頭詞，（3）。

❶　いくつ食べたんですか。
你吃了幾個呢？

❷　今年、いくつになりますか。
你今年幾歲呢？

❸　（コーヒーを出すとき）砂糖はおいくつ？
（送咖啡上桌時）請問要幾顆方糖呢？

〔句子〕＋か
「嗎」、「呢」。

接於句末，表示問別人自己想知道的事。

❶　その大学は有名ですか。
那間大學的知名度高嗎？

〔句子〕＋か、〔句子〕＋か
「是…，還是…」。

表示讓聽話人從不確定的兩個事物中，選出一樣來。

❶　駅のトイレはきれいですか、汚いですか。
車站的廁所是乾淨的還是髒的呢？

が（前置詞）

在向對方詢問、請求、命令之前，作為一種開場白使用。

❶　この前の話ですが、どうなりましたか。
上回提過的那件事，後來怎麼樣了？

こちら、そちら、あちら、どちら

這一組是方向指示代名詞。「こちら」（這邊）指離說話者近的方向。「そちら」（那邊）
指離聽話者近的方向。「あちら」（那邊）指離說話者和聽話者都遠的方向。「どちら」（哪邊）
表示方向的不確定和疑問。這一組也可以用來指人，「こちら」就是「這位」，下面以此類推。
也可以說成「こっち、そっち、あっち、どっち」，只是前面一組說法比較有禮貌。

❶　犬はそちらに行きました。
小狗去那邊了。

ごろ、ころ

「左右」。

表示大概的時間點，一般只接在年、月、日，和鐘點等的詞後面。

❶ 福井さんは今ごろ駅に着いたでしょう。
福井小姐現在這時間應該到車站了吧。

たち、がた

「…們」。

接尾詞「たち」接在「私」、「あなた」等人稱代名詞的後面，表示人的複數，如例（1）；
接尾詞「方（がた）」也是表示人的複數的敬稱，說法更有禮貌，如例（2）；「方（かた）」
是對「人」表示敬意的說法，如例（3）；「方々（かたがた）」是對「人たち」（人們）
表示敬意的說法，如例（4）。

❶ 学生たちが勉強しないので困ります。
學生們都不用功讀書，讓我很傷腦筋。

❷ 先生方は、今、授業中です。
老師們現在正在上課。

❸ 浜田さんはとてもお優しい方です。
濱田先生是位非常和藹的人。

❹ そちらの方々はどなたですか。
那邊的那幾位是什麼人呢？

だれ、どなた

「誰」；「哪位…」。

「だれ」不定稱是詢問人的詞。它相對於第一人稱，第二人稱和第三人稱，如例（1）。「ど
なた」和「だれ」一樣是不定稱，但是比「だれ」說法還要客氣，如例（2）。

❶ これは誰の本ですか。
這是誰的書呢？

❷ （玄関で）はーい。どなたですか。
（在玄關）來了。請問是哪一位？

ちゅう

「…中」、「正在…」。

「中」接在名詞後面，表示此時此刻正在做某件事情。

❶ 友だちに電話しましたが、話し中でした。
剛才撥了電話給朋友，可是正在通話中。

つもり

「打算」、「準備」。

「動詞辭書形＋つもり」。表示打算作某行為的意志。這是事前決定的，不是臨時決定的，而且想做的意志相當堅定，如例（1）。相反地，不打算的話用「動詞ない形＋ない＋つもり」的形式，如例（2）。

❶ 明日、先生にこの問題を聞くつもりです。

　明天打算問老師這個問題。

❷ 大学には行かないつもりです。

　我打算不上大學。

〔材料〕＋で

「用…」。

製作什麼東西時，使用的材料。

❶ 冷蔵庫にあったものでご飯を作りました。

　用冰箱裡現有的食材做了飯。

～でしょう

「大概…吧」；「…對吧」。

「動詞普通形＋でしょう」、「形容詞＋でしょう」、「名詞＋でしょう」。伴隨降調，表示說話者的推測，說話者不是很確定，不像「です」那麼肯定，如例（1）；常跟「たぶん」一起使用，如例（2）；也可表示向對方確認某件事情，或是徵詢對方的同意，如例（3）。

❶ 金曜日までにはできるでしょう。

　在星期五之前能做完吧！

❷ 沖縄は、たぶん楽しいでしょう。

　沖繩應該很好玩吧！

❸ 浜中さんも見たでしょう。

　濱中先生你也看到了吧？

〔引用內容〕と

「と」接在某人說的話，或寫的事物後面，表示說了什麼、寫了什麼。

❶ 天気予報で今日は雨だと言っていました。

　氣象預報說過今天會下雨。

CHECK
1
2
3

～という〔名詞〕

「叫做…」。

表示說明後面這個事物、人或場所的名字。一般是說話人或聽話人一方，或者雙方都不熟悉的事物。

❶ 東京は、昔は「江戸」という名前でした。

東京的舊稱是「江戸」。

どう、いかが

「如何」、「怎麼樣」。

「どう」詢問對方的想法及對方的健康狀況，還有不知道情況是如何或該怎麼做等，如例（1）。「いかが」跟「どう」一樣，只是說法更有禮貌，如例（2）。兩者也用在勸誘時。

❶ 今日のお昼ご飯は、牛丼はどうでしょう。

今天的午餐，要不要吃牛肉蓋飯呢？

❷ 京都旅行はいかがでしたか。

京都之旅玩得愉快嗎？

なに、なん

「什麼」。

「何（なに）／（なん）」代替名稱或情況不瞭解的事物，或用在詢問數字時。一般而言，表示「どんな（もの）」（什麼東西）時，讀作「なに」。表示「いくつ」（多少）時讀作「なん」，如例。但是，「何だ」、「何の」一般要讀作「なん」。詢問理由時「何で」也讀作「なん」。詢問道具時的「何で」跟「何に」、「何と」、「何か」兩種讀法都可以，但是「なに」語感較為鄭重，而「なん」語感較為粗魯。

❶ 何杯お酒を飲んだのですか。

你喝了幾杯酒呢？

〔時間〕＋に

「在…」。

幾點啦！星期幾啦！幾月幾號做什麼事啦！表示動作、作用的時間就用「に」。

❶ 来月 15 日に結婚します。

下個月的十五號要結婚。

〔時間〕＋に＋〔次數〕

表示某一範圍內的數量或次數，「に」前接某時間範圍，後面則為數量或次數。

❶ 明日は、年に一度の誕生日です。

明天是一年一度的生日。

～は～が

【體言】＋は＋【體言】＋が。「が」前面接名詞，可以表示該名詞是後續謂語所表示的狀態的對象。

❶ 京都は、寺が　多いです。
京都有很多寺院。

～ほうがいい

「最好…」、「還是…為好」。

用在向對方提出建議、忠告，或陳述自己的意見、喜好的時候。有時候雖然是「た形」，但指的卻是以後要做的事。否定形為「～ないほうがいい」。

❶ 危ないから、やめたほうがいいですよ。
太危險了，還是別做比較好喔！

～も～（數量）

「竟」、「也」。

「も」前面接數量詞，表示數量比一般想像的還多，有強調多的作用。含有意外的語意。

❶ 今日は 12 時間も働きました。
今天竟工作了整整十二個小時。

〔句子〕＋よ

「…喔」。

請對方注意，或使對方接受自己的意見時，用來加強語氣。基本上使用在說話人認為對方不知道的事物，想引起對方注意。

❶ その店はおいしいので有名ですよ。
那家店的餐點很好吃，所以很有名喔！

名詞＋と＋おなじ

「和…一樣的」、「和…相同的」。

表示後項和前項是同樣的人事物，如例（1）。也可以用「名詞＋と＋名詞＋は＋同じ」的形式，如例（2）。

❶ 私もそれと同じのが食べたいです。
我也想吃和那個同樣的餐點。

❷ 私と夫は同じ大学です。
我和先生就讀同一所大學。

名詞＋の＋あとで

以「名詞＋の＋あとで」的形式，表示完成前項事情之後，進行後項行為。

❶ 休み時間の後で、大事なことを話します。
  休息時間結束後，有重要的事跟你説。

名詞＋の＋まえに　　　　　　　「…前」。

以「名詞＋の＋前に」的形式，表示空間上的前面，如例（1）；或做某事之前先進行後項行為，如例（2）。

❶ 駅の前に新しいホテルができました。
  在車站前方新開了一家旅館。

❷ 仕事の　前に　コーヒーを　飲みます。
  工作前先喝杯咖啡。

名詞に＋します　　　　　　　「讓…變成…、使其成為…」。

以「名詞に＋します」的形式，表示人為有意圖性的施加作用，而產生變化。

❶ 子どもを先生にします。
  讓孩子當老師。

形容詞（現在肯定／現在否定）

形容詞是說明客觀事物的性質、狀態或主觀感情、感覺的詞。形容詞的詞尾是「い」，「い」的前面是詞幹，因此又稱作「い形容詞」。形容詞現在肯定，表事物目前性質、狀態等，如例（1）；形容詞的否定式，是將詞尾「い」轉變成「く」，然後再加上「ない（です）」或「ありません」，如例（2）。

❶ お兄さんより私のほうが頭がいいです。
  比起哥哥，我的腦筋來得更好。

❷ うちの妹はかわいくないです。
  我家的妹妹並不可愛。

形容詞＋名詞

「…的…」。

形容詞要修飾名詞，就是把名詞直接放在形容詞後面。注意喔！因為日語形容詞本身就有「…的」之意，所以不要再加「の」了喔，如例（1）；另外，連體詞是用來修飾名詞，沒有活用，數量不多。N5 程度只要記住「この、その、あの、どの、大きな、小さな」這幾個字就可以了，如例（2）。

❶ 大きい声を出さないでください。
請不要大聲講話。

❷ 小さな花が咲いています。
小小的花綻放著。

形容詞く＋します

表示事物的變化。跟「なります」比較，「なります」的變化不是人為有意圖性的，是在無意識中物體本身產生的自然變化；而「します」是表示人為的有意圖性的施加作用，而產生變化。形容詞後面接「します」，要把詞尾的「い」變成「く」。

❶ 早くしてください。
請快點！

形容動詞に＋します

表示事物的變化。「します」是表示人為有意圖性的施加作用，而產生變化。形容動詞後面接「します」，要把詞尾的「だ」變成「に」。

❶ 静かにしてください。
請安靜！

形容詞く＋なります

「變…」。

形容詞後面接「なります」，要把詞尾的「い」變成「く」。表示事物本身產生的自然變化，這種變化並非人為意圖性的施加作用，如例（1）；即使變化是人為造成的，若重點不在「誰改變的」，也可用此文法，如例（2）。

❶ 空が暗くなりました。
天色變暗了。

❷ 車が多くなって、道が危なくなりました。
車子增多，路上變得危險了。

形容動詞に＋なります

表示事物的變化。「なります」的變化不是人為有意圖性的，是在無意識中物體本身產生的自然變化。形容詞後面接「なります」，要把語尾的「だ」變成「に」。

❶ 吉田さんのことが嫌いになりました。
我變得討厭吉田先生了。

形容動詞（過去肯定／過去否定）

形容動詞的過去式，表示說明過去的客觀事物的性質、狀態，以及過去的感覺、感情。形容動詞的過去式是將現在肯定詞尾「だ」變成「だっ」再加上「た」，敬體是將詞尾「だ」改成「でし」再加上「た」，如例（1）；形容動詞過去否定式，是將現在否定的「ではありません」後接「でした」，如例（2）；或將現在否定的「ない」改成「なかっ」，再加上「た」，如例（3）。

❶ この町は、前は賑やかでした。
這個城鎮以前很熱鬧。

❷ 宿題は、大変ではありませんでした。
作業並沒有很困難。

❸ Ｎ５の試験は、簡単ではなかったです。
N5 等級的測驗並不容易。

形容動詞で

形容動詞詞尾「だ」改成「で」，表示句子還沒說完到此暫時停頓，或屬性的並列（連接形容詞或形容動詞時）之意，如例（1）；也有表示理由、原因之意，但其因果關係比「〜から」、「〜ので」還弱，如例（2）。

❶ 彼女はきれいでやさしいです。
她又漂亮又溫柔。

❷ 私は字が下手で、作文の宿題が嫌です。
我寫字很難看，所以討厭寫作文的作業。

形容動詞な＋の

形容動詞後面接代替句子的某個名詞「の」時，要將詞尾「だ」變成「な」。

❶ 家がほしいですが、立派なのは高いです。
雖然想要一間房子，可是外觀氣派的都很貴。

動詞（基本形）

相對於「動詞ます形」，動詞基本形說法比較隨便，一般用在關係跟自己比較親近的人之間。因為辭典上的單字用的都是基本形，所以又叫「辭書形」。

❶ 晴れた日には、ときどき公園を散歩する。
　在晴朗的日子裡有時會去公園散步。

動詞＋て

「動詞＋て」可表示原因，但其因果關係比「～から」、「～ので」還弱，如例（1）；或單純連接前後短句成一個句子，表示並舉了幾個動作或狀態，如例（2）；另外，用於連接行為動作的短句時，表示這些行為動作一個接著一個，按照時間順序進行，如例（3）；也可表示行為的方法或手段，如例（4）；表示對比，如例（5）。

❶ 疲れて何もしたくありません。
　累得什麼事都不想做了。

❷ 顔を洗って歯を磨きます。
　洗臉刷牙。

❸ 宿題をして先生に出します。
　做完作業交給老師。

❹ おふろに入って体をきれいにします。
　洗個澡把身體洗乾淨。

❺ 昼間はよく働いて、夜はよく寝ます。
　白天努力工作，晚上睡個好覺。

他動詞＋てあります　　　「…著」、「已…了」。

表示抱著某個目的、有意圖地去執行，當動作結束之後，那一動作的結果還存在的狀態。相較於「～ておきます」（事先…）強調為了某目的，先做某動作，「～てあります」強調已完成動作的狀態持續到現在。

❶ あのことは、彼に言ってあります。
　那件事已經告訴他了。

動詞なくて　　　「因為沒有…」、「不…所以…」。

以「動詞否定形＋なくて」的形式，表示因果關係。由於無法達成、實現前項的動作，導致後項的發生。

❶ 勉強が分からなくて、学校が嫌です。
　弄不懂功課，所以討厭上學。

～ないでください

「請不要…」。

表示否定的請求命令，以「動詞否定形＋ないでください」的形式，請求對方不要做某事，如例（1）；更委婉的說法為「～ないでくださいませんか」，表示婉轉請求對方不要做某事，如例（2）。

❶ ここで遊ばないでください。
請不要在這裡玩耍。

❷ 誰にも言わないでくださいませんか。
能不能別跟任何人講呢？

～てくださいませんか

「能不能請您…」。

跟「～てください」一樣表示請求，但說法更有禮貌。由於請求的內容給對方負擔較大，因此有婉轉地詢問對方是否願意的語氣。也使用於向長輩等上位者請託的時候。

❶ お金を貸してくださいませんか。
能不能借我錢呢？

2 這些單字也不能忘記喔！

生活常用動詞

飛ぶ／飛翔	歩く／走路	入れる／放入	出す／拿出；寄
行く・行く／去；走	来る／來	売る／販賣	買う／購買
押す／推；按	引く／拉；翻查（辭典）	降りる／下來；降落	乗る／乘坐
貸す／借出	借りる／借（進來）	座る／坐	立つ／站立
食べる／吃	飲む／喝；吃（藥）	出かける／出門	帰る／回來；回去
出る／出來；出去	入る／進入	起きる／起床	寝る／睡覺
脱ぐ／脱掉	着る／穿（衣服）	休む／休息	働く／工作
生まれる／出生	死ぬ／死亡	覚える／記住	忘れる／忘記
教える／教導	習う／學習	読む／閱讀	書く／書寫
分かる／知道	困る／困擾	聞く／聽；問	話す／説，講

意思相對的形容詞、形容動詞

熱い／燙的 ↔ 冷たい／冷的　　新しい／新的 ↔ 古い／老舊的

厚い／厚的 ↔ 薄い／薄的　　甘い／甜的 ↔ 辛い／辣的

いい・良い／好；可以 ↔ 悪い／壞的　　忙しい／忙碌的 ↔ 暇／空閒

嫌い／厭惡 ↔ 好き／喜愛　　おいしい／好吃的 ↔ まずい／不好吃的

多い／多的 ↔ 少ない／少的　　大きい／大的 ↔ 小さい／小的

重い／重的 ↔ 軽い／輕的　　面白い／有趣的 ↔ つまらない／無趣的

汚い／骯髒的 ↔ きれい／漂亮；整潔　　静か／安靜 ↔ 賑やか／熱鬧

上手／擅長 ↔ 下手／不擅長　　狭い／狹窄的 ↔ 広い／寬廣的

高い／貴的；高的 ↔ 低い／低的；矮的　　近い／近的 ↔ 遠い／遠的

強い／強而有力的 ↔ 弱い／孱弱的　　長い／長的 ↔ 短い／短的

太い／粗的；胖的 ↔ 細い／細的；狹窄的　　難しい／困難的 ↔ やさしい／容易的

明るい／明亮的 ↔ 暗い／陰暗的　　速い／迅速的 ↔ 遅い／緩慢的；（時間）晚的

自動詞與他動詞

開く／打開，開〈著〉

開ける／打開

掛かる／懸掛，掛上

掛ける／掛在〈牆上〉；戴上〈眼鏡〉

消える／〈燈，火等〉熄滅

消す／熄掉，撲滅

閉まる／關閉

閉める／關閉，合上

並ぶ／並排，並列

並べる／排列

始まる／開始

始める／開始

JLPT

日檢教科書 01

日本語を楽しみましょう

日檢N5教本
合格全攻略！

【聽力・文法・單字・閱讀】，一次通過！

2014 年 12 月　初版

MP3
付き

發行人 ● 林德勝

作者 ● 山田社日檢題庫小組・吉松由美・大山和佳子・吳冠儀

出版發行 ● 山田社文化事業有限公司

106台北市大安區安和路一段112巷17號7樓

Tel：02-2755-7622

Fax：02-2700-1887

郵政劃撥 ● 19867160號　大原文化事業有限公司

總經銷 ● 聯合發行股份有限公司

新北市新店區寶橋路235巷6弄6號2樓

Tel：02-2917-8022

Fax：02-2915-6275

印刷 ● 上鎰數位科技印刷有限公司

法律顧問 ● 林長振法律事務所　林長振律師

ISBN ● 978-986-246-403-8

定價 ● 新台幣399元

STS

STS